KB138886

LA LITTÉRATURE FRANÇAISE

CHRISTIAN BOBIN

LA DAME BLANCHE

1984BOOKS

흰옷을 입은 여인

크리스티앙 보뱅 지음 • 이창실 옮김

일러두기

- 주석은 모두 옮긴이주다.

*

　1886년 5월 15일, 아침 여섯 시가 채 안 된 시각, 정원
에선 새들의 노래가 분홍빛 하늘을 흠뻑 적시고 재스
민 향기가 대기를 정화하는 시각, 이틀 전부터 디킨슨
가家 사람들의 사고를 몽땅 마비시킨 소리가 멎는다.
힘들여 판지를 가르는 톱 소리랄지, 옹색하고 거북해
도 꿋꿋한 숨소리다. 에밀리가 돌연 얼굴을 돌린 참이
다. 2년 전부터 향 종이를 태우듯 그녀의 영혼을 소진
시킨, 보이지 않는 해를 향하여. 느닷없이 죽음이 방 안
을 가득 채운다.

　그 당시 부유한 가정에선 식구들 가운데 누가 죽으
면 사진을 찍어 영원과 겨루는 게 관습이었다. 그날, 그
런 사진은 없을 터였다. 임종을 지키던 이들의 안도 섞
인 몇 마디, 그리고 백합꽃이 쏟아 내는 빛처럼 눈이 부
시도록 흰 에밀리의 얼굴 앞에서 그들이 느끼는 놀라
움이 있을 뿐.

시詩는 불구인 천상의 소녀다. 세상이, 세상의 지혜가 맛보는 조용한 패배. 비글로우 의사는, 흰옷을 입고 침대에 길게 누운 환자를 어렴풋이 본 다음에야 처방전을 내주었다. 방에 들어가는 것이 허용되지 않았던 그는 문지방에 남은 채 진단서를 작성한다. 에밀리는 55세였다. 사반세기 동안 애머스트에서 그녀의 얼굴을 본 사람은 아무도 없었다.

*

살아 있는 이들의 전쟁은 멈추는 법이 없다. 에밀리가 숭배해 마지않던 올케 수잔은 거기서 백 미터 거리에 살고 있었지만 그녀의 장례식에 참석하지 않는다. 남편인 오스틴, 즉 에밀리의 오빠가 정부情婦인 메이블 토드를 장례식에 초대했기 때문이었다. 수잔은 그 불륜 커플이 도착하기 전에 에밀리에게 최후의 흰 갑옷을 입힌 뒤 물러난다. 갓 다림질된 수의의 흰 빛에, 녹색 블라인드가 내려진 방 안의 어둠이 사방으로 흩어진다. 수년 전부터 에밀리는 세상과 자신 사이에 흰 리넨 장막을 쳐 두었다. 일층 서재에는 그녀가 직접 주석을 단, 테니슨의 『성녀 아네스』가 꽂혀 있다. '희고 순결한' 차림으로 '영원한 주일'을 기다리는 어느 수녀의 이야기다. 하늘 깊은 곳에 있는 추시계의 추가 멈춘 참이다. 이윽고 일요일, 세상 누구에게도 해를 끼치지 않았던 한 여인이 죽음 뒤에 숨어 눈처럼 하얀 옷을 입고서 다가오는 일련의 사건을 기다린다.

그녀는 흰 관 속에 조심스레 뉘어져 아버지의 집 거실로 내려진다. 햇볕이 따갑게 내리쬐는 정원 쪽으로 문이 나 있다. 수십 마리 나비들이 숨이 막히도록 푸른 하늘에 산뜻함을 부여한다. 그녀의 시 속에서 왕관이 씌워지고 노예 신세를 면하게 된 금빛 꿀벌들이 윙윙대며 그녀를 위한 진혼곡을 부른다.

여동생 비니가 죽은 여인의 포개진 양손 사이에 달콤한 향이 나는 흰 헬리오트로프 두 줄기를 꽂아 둔다. 에밀리가 그 꽃을 '심판관이신 주님'께, 사랑했던 그분께 바치도록 하기 위해서다. 닫힌 관 뚜껑엔 몇 송이 싱싱한 제비꽃과 경직된 차분함이 전해지는 고사리가 놓인다. 애머스트 교구 목사가 시편을 읽고, 젠킨스 목사는 기도문을 보낸다. 에밀리의 천재성을 어느 정도 간파한 히긴슨 대령은 에밀리 브론테의 마지막 시를 낭독한다. '내 영혼은 겁쟁이가 아니거늘'이라는, 암흑에 맞선 용기의 선언으로 시작되는 시. 소녀 시절, 에밀리는 잠들기 전 여동생에게 그들의 어두운 방 안에서 이 시를 낭독해 주었다. "죽음이 발붙일 수 없을지니/ 티끌 하나도 죽음으로 소멸되진 않아/ 당신만이 '존재'며 '숨결'이기에/ 당신은 정녕 파괴되지 않으리라." 그게 전부일 터.

아일랜드 하인 여섯 — 데니스 스캔런, 오번 코트니, 팻 워드, 데니스 캐슈먼, 댄 모이니한을 비롯해 에밀리가 '상냥한 외양간 청년'이라 불렀던 스티븐 설리번 — 이 앙상한 어깨에 관을 짊어진다. 개중엔 에밀리가 정원에서 장미 가꾸는 일을 도와준 이들도 있다. 그들은 벽돌 벽에 덧문이 두 날개처럼 고정된 뒷문을 나와 금빛 햇살이 군데군데 드리운 어두운 곳간을 통과한 다음, 날벌레들이 파닥이는 무성한 풀밭 속으로 들어간다. 에밀리가 자신의 장례 날을 위해 미리 지시해 둔 대로, 거리를 지나지 않고 풀밭을 가로질러 묘지로 간다.

"때가 되어 내게 주어질 죽음의 면류관은 미나리아 재비이기를." 에밀리의 소원은 이루어진다. 집 뒤편 풀 밭이 무수한 미나리아재비로 불타오른다. 디킨슨가에 속한 땅이고 보면, 죽어서도 그녀는 집을 나서지 않는 셈이다. 글을 쓰던 방에서 나온 그녀는 애머스트 인부 들이 반짝이는 삽으로 파둔 묘혈로 곧장 향한다.

*

거구의 아일랜드 남자들이 어깨에 흰 관을 짊어지고 활활 타오르는 풀밭을 건너가는 모습을 한 어린 소녀가 바라본다. 여섯 살 난 소녀다. 에밀리의 오빠 오스틴의 정부인 메이블 토드의 딸. 소녀의 어머니는 저기 보이는 장례 행렬에 끼어 있다. 아이는 — 그 애 이름은 밀리센트다 — 상喪을 당한 이들이 시니컬한 햇빛 아래 비틀대는 걸음으로 묘지를 향해 천천히 나아가는 모습을 바라본다. 묘지엔 한 조각 땅이 아가리를 벌린 채 나무 관과 죽은 여인의 몸을 삼킬 준비가 되어 있다.

어린 밀리센트는 어머니의 외도가 견딜 수 없다. 아이의 고통스러운 시선에 포착된 디킨슨 일가는 동화 속 인물들의 격렬한 색채를 띤다. 팔이 '장작 저장고의 나뭇단처럼' 앙상한 '마녀' 비니와 '제왕' 오스틴이 관 바로 뒤에서 걷는다. 밀리센트는 평소에 자기 집 벽난로 앞에 오스틴이 찌푸린 얼굴을 하고 정부와 함께 앉

11

아 '둥근 금빛 손잡이'가 달린 지팡이로 불길을 돋우는 모습을 보곤 한다.

여섯 살 난 아이라면 창유리에 코를 박고 현실을 바라본다. 아이의 숨결로 잔뜩 흐려진 창을 통해 보이는 거라고는 몇몇 세부 사항뿐. 누구보다 에밀리에 대해선, 밀리센트의 머릿속에 떠오르는 이미지가 없다. 어린 소녀의 기억 속 에밀리는 집 밖으로 전혀 외출하지 않는, 붉은 머리에 흰옷을 입은 신비로운 여인이다. 때때로 이층 자신의 방, 반쯤 열린 덧문 사이로 버들광주리를 줄에 매달아 내려뜨리곤 하던 여인. 이웃집 아이에게 주려고 화덕에서 갓 꺼낸, 따뜻한 생강 빵이 담긴 광주리다.

세상이 에밀리에게 무슨 호의를 베풀었다면 단 한번, 1856년 10월 애머스트 상품 전시회에서 그녀는 자신이 만든 호밀 빵으로 이등상을 받는다. 적확한 말을 찾을 때마다 우리의 머릿속은 환해진다. 누군가가 우리 뇌 안에 있는 어떤 스위치를 눌렀다고나 할까. 글을 쓴다는 건 그 자체가 하나의 보상이다.

쉰다섯 살, 우린 최대한 얼굴을 숨긴다. 어머니의 시선을 받을 수 없는 우리는 하느님의 시선만을 받고 싶어 한다. 그러다 죽음을 맞는다. 뒤이어 처음 온 아이가, 꿀벌이 윙윙대는 풀밭 위를 항해하는 우리의 관을 차분한 시선으로 바라본다. 우리의 죽음을 바라보는 낯선 이가 늘 있게 마련이다. 무사태평인 이 목격자 덕에 우리의 마지막 순간은 주일 나들이 복장을 한 평화로운 사건이 된다. 수수께끼처럼 이어지는 소박한 날들에 끼어드는 하나의 사건.

소나무와 고사리가 묘지의 디킨슨가 네모난 땅에

그늘을 드리운다. 관이 묘혈로 내려지는 순간 꽃이 비처럼 뿌려지고, 뒤이어 사람들은 자리를 뜬다. 죽은 여인의 양손 안에 든 헬리오트로프가 어둠 속에서 반짝인다.

의미를 상실한 몇 시간이 흐른다. 시간은 죽은 이들의 집 안으론 들어오지 않는 법. 소리 없이 번득이는 한 줄기 햇빛에 관 속이 난데없이 정오보다 더 환해진다.

*

그보다 53년 앞서, 애머스트의 하늘은 그리스도가 죽은 날처럼 검게 변한다. 사륜마차 한 대가 소나무 숲을 가로질러 달리는데, 갑작스레 심한 비바람이 몰아친다. 번개가 나무들을 후려치고, 마차는 미친 듯이 지붕을 두드려 대는 폭우에 더 이상 나아가지 못한 채 멈춰 선다. 마차 안엔 두 살 반인 에밀리가 있다. 비니의 출산을 앞둔 어머니가 에밀리를 한 달간 라비니아 이모 댁에 머무르도록 보낸 참이다. 아이는 세상의 종말과도 같은 끔찍한 광경을 응시하며 이모에게 빈다. "엄마한테 데려다줘요, 엄마한테 데려다줘요." 죽어 가는 병사들도 그렇게 말하지만 아무도 그의 청에 답하지 않는다. 세상이라는 전장에서 헤매는 두 살 반의 어린 전사 역시 그 누구의 답변도 듣지 못한다. 가죽 의자에 몸을 웅크리고 앉아 있던 아이가 갑자기 불가사의하게도 입을 다문다. "당신의 죽음과 당신의 두려움을 단숨에 집어삼키지 않는다면 쓸모 있는 일은 아무것도 할 수 없을 것입니다."라고 아빌라의 테레사는 말한다. 버림받은 이 여자애가 이 말을 그대로 실천에 옮긴 것이다. 넘치는 물의 공포, 어머니의 돌이킬 수 없는 침묵. 그 모두를 아이는 단숨에 집어삼킨다. 마귀들은 다른 곳으로 가 주먹을 휘두른다. 하늘은 눈부시게 빛나고 여행은 다시 이어진다.

라비니아 이모 댁엔 피아노가 있다. 그 안에서 벚나무 꽃잎 같은 음들이 흘러나온다. 대기와 마음을 정화하는 빛의 원자들. 사람들은 에밀리가 건반을 가지고 놀도록 내버려 둔다. 에밀리는 때때로 부모나 '오스틴 오빠' 이야기를 하지만, 그들을 보고 싶다는 기색은 전혀 내비치지 않는다. 부재와 죽음 간에는 아무 차이가 없다. 가족을 모두 잃은 그녀는 꿋꿋이 상喪을 치르며 누구에게도 짐이 되지 않으려 애쓴다. 그렇게 아무 문제도 없는 이 아이가 어느 일요일만은 예외다. 예배 시간에 너무 큰 소리로 말해 손바닥으로 한 대 맞는다. 버림받음의 우울한 세례를 받은 에밀리는 죽은 자들과 마찬가지로 어떤 상처에도 끄떡없는 정신이 된다. 모든 걸 잃은 자가 모두를 구할 수 있다. 그녀 곁에선 사람들의 영혼이 덩굴장미처럼 타오른다. 너무도 차분한 광채를 발하는 아이여서, 라비니아 이모는 잠자리에 드는 저녁 시간이면 그 옆에 잠시 몸을 누이곤 한다. 한 성녀에게서 그 옷자락을 건드려 소박한 평화를 훔쳐내듯.

라비니아 이모는 소식을 전하며, 아이는 "조금이라도 걱정거리가 생기면 어김없이 내게 달려온다."라고 적는다. 나중에 에밀리는 천사의 난폭함을 보이며 털어놓게 된다. 자신은 한 번도 어머니를 가져 본 적이 없다고. 어머니란 '우리가 불안에 사로잡힐 때 의지하게 되는 분'이 아니겠냐고. 어머니란 무엇인가에 대한 완

벽한 정의다. 우리가 무언가를 이해하려면 결핍보다

나은 것이 없다.

*

에드워드 디킨슨은 고지식한 정신과 돌출된 턱을
가진 남자다. 그의 검은 두 눈은 상대를 탐색하고 판단
하고 단죄하는데, 그건 상대를 전혀 보지 않았음을 의
미한다. '구약'의 눈이다. 성서는 영원의 물가에 자리한
어부의 오두막이다. 두 개의 방이 있다. 첫 번째 방에
는 아버지가 우리의 온갖 결함이 기록된 석판을 들고
있다. 두 번째 방에서는 아들이 스펀지를 들고 그 석판
에 씌어 있는 것들을 지운다. 일요일 아침, 긴장된 얼굴
의 가족이 교회로 이어지는 길 위를 당당히 행진할 준
비가 되어 있는 순간, 구약의 하느님은 에밀리의 부재
를 알아챈다. 한 시간 뒤에야 그녀는 지하 저장실에서
책을 읽는 모습으로 발견된다. 부활절 아침의 빛보다
도 신선한 빛이 솟는, 이를테면 『어느 아편쟁이의 고백
*』유의 책. 에드워드가 딸에게 사 주면서도 딸의 마음
이 동요할까 걱정되어 읽지 말라고 당부해 둔 책이다.

---

* 영국 작가 토마스 드 퀸시(1785~1859)의 자전적 에세이.

세상은 에밀리의 아버지와 같은 사람을 토대로 세워진다. 자기 가족의 안위를 책임질 수 있을 뿐 아니라 먼 변경 지대를 다스릴 줄도 아는 사람. 제국의 흠 없는 시종인 그는 명령받은 대로 이 금요일 오후에 십자가 세 개가 골고다로 제대로 넘겨졌는지 확인할 수도 있는 사람이다. 애머스트 칼리지의 재무 담당이자 변호사며 상원 의원인 그가 매 걸음 떼어 놓을 때마다 그의 이름에 걸린 메달들이 댕그랑댄다. 눈 붙일 겨를 없는 일 너머에도 구원이 있다고는 상상할 수 없는 남자. "나는 마음을 다해 일에 투신하는 데서만 기쁨을 기대한다. 우린 합리적인 행복을 가져다주는 삶을 추구해야 한다." 그는 이런 식으로 아내의 마음에 들려는 남자이다. 영혼 깊숙이 율법이 아로새겨진 남자. 만사가 보다 명확히 설명되어야 직성이 풀리는 사람. 저녁에 그가 초대객에게 문을 열어 주는 건, 현관을 환히 밝혀 놓았음에도 등불을 상대의 놀란 얼굴 앞에 흔들어 대기 위해

서다. 새 교회로 개종을 한 그에게서 목사는 빈틈없는 영혼을 간파하며 말한다. "당신은 율법의 인간으로 그리스도께 다가가려 하지만, 그보다는 무릎 꿇은 죄인의 모습으로 나아가십시오." 디킨슨가의 사람이 무릎을 꿇는다고? 그는 두 다리로 굳건히 땅에 버티고 서서 손차양을 하고 하늘을 살펴보기를 선호한다. 그곳에서 네 끄트머리를 고정시킨 동판과 거기 새겨진 '영원한 분'의 이름을 찾고자 한다. 그 영예로운 호칭들의 명단과 함께.

*

삶의 가교가 젊은 에밀리의 발밑에서 삐걱댄다. 1852년, 죽음은 그녀 주위의 수많은 사람을 낚아채 간다. 그들의 목덜미를 덮쳐 아직 따뜻한 먹잇감을 자신의 망태기에 쑤셔 넣는다. 그중엔 에밀리의 가까운 친구들도 있었다. 열아홉 살의 애비 하스켈, 스물한 살의 제니 그루트, 역시 스물한 살인 마사 킹먼. 에밀리는 위태롭게 삐걱대는 가교에서 걸음을 재촉한다. 이듬해엔 죽음이 성찬을 삼킨다. 아버지의 비서였던 벤자민 뉴턴. 에밀리보다 아홉 살 연상인 벤자민은 그녀에게 눈에 보이지 않는 것들의 감미로움을 이야기해 주고, 책을 빌려주고, 글쓰기를 독려한다. 그녀는 그를 '스승'이라 부르며 이 호칭에 걸맞은 왕홀을 부여한다. 그녀가 이 호칭으로 부른, 언제나 그녀보다 나이가 많은 남자들 앞에서 그녀의 고귀한 영혼은 포기의 자세를 취한다. 그러나 죽음 앞에선 어떤 스승도 있을 수 없다. "내게 불멸을 가르쳐 주었던 한 친구는 그것에 너무 가까이 다가선 탓에 다시는 돌아오지 않았다." 벤자민이 쓰러지자 그의 손에 들린, 에밀리의 영혼을 비추었던 횃불도 허공 속으로 굴러떨어진다.

같은 해, 아버지의 집념 덕에 애머스트는 마침내 그 지방 다른 도시들과 철도로 연결된다. 온 마을 사람들이 검댕 낀 코의 철마鐵馬가 도착하는 걸 축하하러 역에 모인다. 전능한 아버지, 전능한 열차. 저마다 향후에 닥칠 죽음을 몰아내기 위해 전능을 기린다. 그들은 연설을 하고, 모자를 공중에 던져 올리고, 기뻐 고함을 지른다. 기술 발전에 열광하는 사람들이다. 에밀리는 아버지의 승리를 멀리서 지켜본다. 기관차를 숭배하던 이들이 어찌 됐는지, 우린 더 이상 아는 바가 없다. 공중에 던져 올린 그들의 실크해트가 먼지 속으로 다시 떨어지기도 전에 그들은 이미 죽었으니까. 영원의 새매가 이 먹잇감들을 덮친 것이다. 시대의 조류를 순진

하게 따름으로써 파멸이 예정되어 있던 이들. 애머스트의 관조자였던 그 여인에 대해선 우린 더 많은 걸 알고 있다. 이미 죽음도 그녀를 찾지 못해 쩔쩔매게 될 것이었다. 그녀는 거기서 달아나 하느님 뒤에 숨는다. 하지만 헛된 짓. 하느님은 좀 더 친근한, 죽음의 또 다른 이름이니까. 에밀리도 그걸 안다. 결국 취향의 문제일 뿐이다. 세상을 섬기든(돈, 명예, 소음) 삶을 섬기든(방황하는 사고, 비사교적인 영혼, 울새의 용맹), 그건 취향의 문제에 불과하다.

*

  에드워드 디킨슨이 회계장부를 덮은 뒤 잠들기 전
자신의 영혼이라는 공기로 된 장부를 펼칠 때면, 보이
는 거라곤 백지뿐이다. 들어온 것도, 나간 것도 없다.

  "아버지는 '현실의 삶'밖에 아는 것이 없어, 때로 그
의 삶과 '나의 삶'이 충돌한다." '현실의' 삶이란 무엇일
까? 이 문제에 대해 아버지와 딸의 답변은 아주 다르
다. 아버지에게 현실의 삶은 수평적이다. 애머스트에
기차와 전보가 닿게 하고, 계약을 성사시키고, 사람들
이 서로 연결되도록 하는 것. 그렇게 교류가 이루어짐
으로써 부를 성장시키는 것. 딸에겐 현실의 삶이 수직
적이다. 한 영혼이 그 영혼의 주인에게 가 닿는 것. 그
걸 위해선 철도 따윈 아무 쓸모가 없다. 우린 단지 하늘
과 — 머리 위나 숨겨진 내면 깊은 곳에서 빛을 발하는
그 하늘과 — 거래한다. 이 거래에서 얻는 건 아무것도
없다. 그저 울새의 가슴팍에 엉겨 붙은 그리스도의 피

를 더한층 절절히 감지하게 될 뿐. 그리하여 저마다의 행동을 점점 더 예리하게, 즉 고통스럽게 인지하게 될 뿐.

그 누구도 더는 우리에게 낯설지 않게 되는 날이 닥친다. 그날, 그 끔찍한 날이야말로 우리가 현실의 삶으로 확고히 발을 들인 날이다.

*

정오에 식탁에서 에드워드는 여러 차례 연달아 빈 정대며 묻는다. 그렇게 살짝 이 빠진 접시가 그의 앞에 놓일 필요가 있는지. 세 번째 같은 질문에 에밀리는 자리에서 벌떡 일어나 접시를 잡아채서는 정원의 돌 위로 냅다 던져 산산조각이 나게 한다. 물질이든 영혼이든 한 치의 결함도 용납하지 못하는 아버지, 당신의 뜻이 이루어지기를. 또 한 번은 외양간 앞. 에드워드가 땀에 흠뻑 젖어 두 눈을 부릅뜬 채 자신의 말을 피가 나도록 채찍으로 내리친다. 그 가혹한 형리를 향해 에밀리는 머리가 산발이 되어 소리를 지르며 달려가고, 깜짝 놀란 아버지는 채찍을 떨어뜨리고 물러선다. 성녀들의 분노는 악마의 분노보다 더 끔찍하다.

'의무'의 인간들이 모두 그렇듯 에드워드는 산 채로 벽 안에 갇힌 사람이다. 에밀리는 아버지의 처량한 상태를 감지하면서도 원망은커녕 그의 기분을 돌리려 애쓴다. 무엇보다 그를 위해 피아노를 연주하고 가족의 빵을 굽는다. 너무도 맛있는 빵이어서 쪼개는 순간 아버지는 마음을 여는 듯하다. 아버지는 그 맛을 칭찬하며 더 이상 다른 빵은 먹으려 하지 않는다. 딸이 구운 향기로운 빵을 한 입 씹는 순간 그는 잠깐 동안 무사태평한 영혼이 우리에게 열어 보이는 어린아이의 천국을 흘끗 엿본다.

아버지의 장례를 치른 다음 날 에밀리는 길 잃은 아이처럼 냉랭한 저택 안을 헤매며 방문마다 멈춰 서서 소리를 지른다. "어디 있어요? 에밀리가 찾아내야지!" 두 해 동안 그녀는 밤마다 아버지 꿈을 꾸며 시를 쓴다. 너무도 절절해, 타오르는 그 빛이 저세상 — 아무도 무슨 역할을 맡거나 무슨 자리를 차지하지 않는 — 에서도 눈에 띌 시들.

*

　디킨슨가의 어느 아침, 아침 식사 직전의 기도 시
간. 무릎을 꿇은 어머니가 마찬가지로 무릎 꿇은 자세
인 에밀리에게 속삭인다. 너무 추워 '얼음덩이'가 되어
간다고. 갑자기 아버지의 목소리가 독수리처럼 힘차
게 솟구치며 모두에게 침묵을 명한다. 잠시 뒤 에드워
드는 자식들이 최근에 지은 잘못을 탐욕스럽게 열거
한 뒤 그날의 시편을 읽는다. 식구들의 영혼을 위한 그
의 기도가 '혜성들의 비'가 되어 내리며 창유리를 떨게
한다. 너무도 아름다운 이 광경에 어머니는 자신의 리
넨 앞치마 자락으로 눈물을 훔친다. 식구들이 식탁에
가 앉는다. 천사들의 조수인 에밀리는 찻잔에 담긴 코
코아를 홀짝대며 마신다. 가느다란 금빛 테두리가 있
는 희고 푸른 찻잔. 그녀는 모든 걸 보았고, 기록해 두
었다.

　어느 일요일 오후의 티타임. 아버지는 그날 심기가

불편하다. 그에게서 지하 묘소의 침묵이 전해진다. 어머니와 두 딸은 그를 보기가 두렵다. 현관 초인종이 울릴 때마다 에밀리가 문을 열어 주어야 한다. 응접실은 점점 명사名士들로 채워진다. 가죽 안락의자 깊숙이 몸을 묻은 아버지는 거대한 침묵 덩어리에 불과하며, 에밀리는 굼뜬 대화에 어떻게든 생기를 보태려 애쓴다. 그녀가 날씨 얘기를 꺼낸다. "이렇게 만장일치로 아름다운 날씨는 본 적이 없네요." 여전히 묵묵부답. 그녀는 아침 강론을 떠올리며, 강론을 한 목사를 오래전에 작고한 — 하지만 그녀가 '직접 그 유골을 본 적은 없는' — 어느 다른 목사와 비교한다. 또 한 번 현관에서 초인종이 울린다. 여사촌 해들리다. 사촌이 '선조들의 털옷' 차림을 하고 있다는, 그런 식의 묘사가 이어진다. 스물두 살의 에밀리는 어린 소녀의 시선으로, 그곳에 어른들이 장작개비처럼 쌓여 가는 모습을 지켜본다. 저마다 얼굴엔 봄을 상실한 이의 애도가 담겨 있다. 소녀는 깨금발로 뒤뚱거리며 공포와 웃음 사이에서 갈팡댄다. 마침내 아버지가 그 '꼴불견의 모습을 털고 일어나' 그 시신들 모두를 다른 방으로 인솔해 간다. 에밀리 혼자 남아 부재중인 오빠를 위해 그 일요일에 일어난 일을 적기 시작한다. 그녀의 웃음은 하늘에서 떨어져 내린 줄사다리다.

*

에밀리의 어머니 얼굴은 도공의 손가락에 파인 듯하다. 야윈 뺨에 물기 어린 두 눈, 얼굴 양옆으로 검은 진흙처럼 흘러내린 머리, 가슴엔 장미와 들국화와 앵초 따위의 칠보 꽃들로 장식된 은 브로치가 달려 있다. 비둘기 한 마리가 장미 위로 날개를 편다. 에밀리는 어머니를 볼 때마다 이 브로치를 본다. 어머니의 황폐해진 젖가슴 위에서 반짝이는 이 꽃들이, 끝없이 이어지는 우울한 광경 앞에서 아이의 마음을 위로해 준다.

부모들은 그들의 아이를 보면서도 아이의 영혼은 결코 보지 못한다. 에밀리의 영혼은 이슬방울 안에 담겨 있다. 티끌이 그녀의 왕국이다. 그녀는 채색 유리창인 잠자리의 날개를 통해 하늘을 바라보며, 은방울꽃 꽃부리 속엔 베긴회 수녀원이 자리를 잡는다. 아궁이에 하늘의 별들이 떨어지는 벽난로, 눈 덮인 침대, 벚나무 식탁. 수도승의 골방처럼 기품 있고 간결한 그녀의 방은 숨겨져 있기에 한결 아름답다.

주변 사람들이 저마다 야심을 드러내며 무언가가 되고 싶어 할 때 그녀는 그 무엇도 되지 않고 이름 없이 죽겠다는 당당한 꿈을 꾼다. 겸손이 그녀의 오만이며, 소멸이 그녀의 승리이다. 1856년, 어머니의 병이 돌이킬 수 없이 악화되자 그녀는 죽음이 들어올 입구를 찾아내지 못할 어떤 소박한 세상을 꿈꾼다. "난 어린아이에 불과해 두려움을 느낀다. 그저 풀잎 하나 혹은 흔들리는 들국화 한 송이였으면 좋겠다는 생각을 종종 한다. 그것들은 죽음의 문제로 공포에 빠지지는 않을 테니까."

*

1840년에 디킨슨가는 이사를 한다. 그들은 자신들의 불안을 애머스트 북부에 위치한 한 목재 저택에 들여놓는다. 마을 묘지와 인접한 집이다. 창밖으로 에밀리는 몇 시간이고 평화로운 마을 묘소들을 내다본다. 거리마다 침묵과 용서가 퍼져 나간다. 물웅덩이에 드리운 천국의 그림자. 그녀는 매장의 광경을 하나하나 지켜보며, 반짝이는 관 뒤의 생기 없는 얼굴들을 살핀다. 살아 있는 이들과 그들의 죽은 이가 묘지 정문으로 함께 들어온다. 연이어 의미 없는 몇 마디가 아이들이 가지고 노는 공처럼 푸른 하늘에 서글프게 표류한다. 다음 순간, 살아 있는 이들은 떠나고 죽은 이는 새 삶에 남겨진다.

1855년, 가족은 원래 살던 집을 사들인다. 두 번째이자 최종적인 이 이사로 인해 에밀리는 영혼의 죽음을 맞지만 그저 우아한 미소로 대처한다. "내 '물건들'

은 한 모자 상자에 넣어져 운반되었는데, '내 불멸의 부분'은 걸어서 — 지나치게 지체하진 않았어도 — 도착했던 것 같다." 열 살에서 스물네 살까지 그녀는 묘지를 등진 집에서 행복한 삶을 살았다. 그녀는 이 집을 늘 '그녀의' 집이라 부르게 되며, 그녀가 태어난 그리고 죽음을 맞게 될 또 다른 집을 '아버지의 집'이라 부른다. 예전 집으로 이사를 오자마자 에드워드는 지붕 위에 전망대를 올리고, 그 안에서 여덟 개의 창을 통해 적敵('디킨슨'이 아닌 거의 모두를 의미하는)이 오는 걸 볼 수 있도록 한다.

*

그녀가 태어난 집은 한쪽은 분주한 대로를, 다른 한쪽은 도취경에 든 영원의 얼굴을 향해 있다. 과수원은 그녀에게 과일나무들에게서 영감을 받은 시들을 쓰게 하고, 산문인 채소밭은 붉은 덩굴딸기 잉크로 주석을 단 받아쓰기 문장들을 늘어놓는다. 들국화와 미나리아 재비로 환한 풀밭은 활짝 펼쳐진 성서여서, 신학자 나비 수백 마리가 온종일 그 뜻을 파헤친다. 그런가 하면 아버지가 에밀리를 위해 짓게 한 온실이 있으니, 이 좁다란 유리 예배당에서 그녀는 한겨울에도 희귀한 꽃들과 대화를 이어간다.

에밀리에게는 두 개의 테이블이 있다. 하나는 그녀의 방, 다른 하나는 응접실에 있는 이 두 테이블에서 그녀는 글을 쓴다. 인동덩굴이 응접실 창유리에 아라베스크 무늬를 수놓고, 여름이면 반쯤 열린 그녀 방 창을 통해 풀밭 쪽 마가목에서 들리는 새들의 노랫소리가 그녀의 글을 축복한다. 종이 위에 빽빽이 쓰인 시들은, 풀밭에 모아 놓은 밀 이삭 더미처럼 황금빛을 발한다. 그곳이 천국일 리는 없으니, 천국이라면 죽어서 가는 곳이기 때문이다. 우리를 안심시키는 동시에 기만하는, 천국을 닮은 무엇이다.

에밀리의 유년 시절, 디킨슨 가족은 이 벽돌집 일부만을 빌려 쓴다. 다른 일부에는 집주인인 모자 제조업자 데이비드 맥 집사가 거주한다. 그의 꼿꼿하고 고결한 성품, 희끗희끗한 사자머리, 이글거리는 푸른 눈은 디킨슨가 아이들을 불안하게 했으니, 이들은 하루에도 몇 차례나 실크해트를 쓴 하느님을 마주치는 것이라 믿는다. 이런 이웃을 두었음에도 신뢰가 유년기를 지배한다. 어머니는 에밀리에게 혼자 인근 숲에 들어가서는 안 된다고 주의를 준다. 뱀에게 물릴지도, 꽃들이 독을 옮길지도, 마녀에게 납치당할지도 모른다고. 그러나 이런 위험들에 오히려 마음이 사로잡힌 아이는 어머니의 충고를 무시한 채 일대를 수색하고 다니다 집으로 돌아와 말한다. '천사들밖에' 보지 못했다고, 그 렇게 서로 마주치자 그들이 오히려 더 겁을 먹더라고.

누구나 자신의 불행을 자기 집으로 삼는다. 나무집 이나 벽돌집보다 오히려 존재하지 않기에 더한층 생 생하게 존재하는 그런 집 한복판에서 에밀리는 유년 기를 보낸다. 어머니의 여윈 젖가슴 위에서 반짝이는 브로치. 신성한 그 얼굴에 떠오르는 드문 미소는 결코 잊을 수 없는 무엇이다. "유년기와 함께 내가 잃어버린 두 가지 : 진흙탕에 신발을 잃고 물속 진홍 로벨리아꽃 들을 찾으며 맨발로 집으로 돌아오면서 느꼈던 환희, 어머니가 정말로 언짢아서라기보다 나를 걱정해 ― 어머니가 눈살을 찌푸렸을 때 내가 본 건 미소였으니 까 ― 쏟아 놓은 꾸지람."

*

에밀리의 어머니는 몬슨 농장에서 보낸 어린 시절에 남동생이 요람에서 죽어 있는 걸 발견했다. 죽음이라는 식료품 가게 여주인이 종이로 싼 한 덩이 작은 설탕빵이라고나 할까. 그 후에도 그녀는 다른 두 남동생과 아버지를 잃었고, 에밀리가 태어나기 한 해 전에는 어머니의 장례를 치른다. 이런 죽음들로 얼룩진 태양 아래 그녀는 딸을 낳는다. 출산을 앞두고 며칠 전에 방 벽지를 갈지만, 방에 생기를 부여하는 것만으론 갓 태어난 아이에게 활짝 열린 삶을 부여하기에 역부족이다. 망령들이 에밀리의 요람 위로 몸을 숙이고, 자신들의 말을 받아 적게 될 아이를 바라본다. 부재와 존재 사이에 가로놓인 벽, 그 방심의 벽을 통과하는 빛나는 감수성이 이미 아이에게서 전해져 온다.

시인이란, 한 세기가 지난 다음에야 — 땅에 묻히고 텍스트 속에 살아 있는 순간에야 — 듣기 좋은 이름이다. 하지만 절대적인 무언가에 홀딱 빠진 아이라면, 하느님의 연기로 가득한 굴속 젊은 야수처럼 책과 놀며 자기 방에 박혀 나오지 않는 아이라면, 그런 아이가 집에 있다면 어떻게 키운단 말인가? 아이들은 모든 걸 하늘로부터 받아 알다가 어느 날 무언가를 배우기 시작한다. 시인들은 아이기를 멈추지 않는 이들이다. 하늘을 바라보는, 키우기 불가능한 아이들.

전설에 의하면 성 크리스토포로스는 아이인 예수를 어깨에 실어 강을 건너게 했다고 한다. 사실 어머니들이야말로 자기 아이를 어깨에 싣고 시간의 거대한 흙탕물 속에 맨다리로 들어가는 이들, 냉기가 옥죄어 오는데도 아이를 물 밖으로 떠받칠 생각만 하는 이들이다. 그러다 어떤 여인은 간혹 아이를 놓치고 물살에 휩쓸리기도 한다. 그러면 영혼까지 불안에 잠긴 아이 스스로가 어머니의 어머니가 되어 반대편 강기슭

에 다다르려 애쓴다. 1850년부터 에밀리의 어머니는 끔
찍한 두통에 시달린다. 두통을 앓는 하느님의 여사제
가 되어 그 무언의 신탁으로 주변 사람들을 떨게 만든
다. 에밀리가 어머니를 돌본다. 그녀는 더러운 강물 한
복판에서 분주히 움직인다. 그렇다고 쾌활함을 잃지는
않았음을 자신의 유년 끝 무렵 한때를 언급하는 그녀
의 어투에서 짐작할 수 있다. 어머니가 너무도 서투르
게 자른 천으로 그녀에게 옷을 지어 입혀 '옷을 입었다
기보다 (어머니의) 변명을 입은' 느낌이었다고. 1880년
엔 그녀의 입에서 한숨이 흘러나온다. "난롯가의 귀뚜
라미가 이젠 조금 나이가 들어 짐이 된다."

*

멜랑콜리한 어머니들보다 더 고마운 존재가 또 있을까? 그들은 자신들의 솔로 해를 가린다. 그 눈에서 너무도 깊은 어둠이 흘러나와 그들의 아이들은 그지없이 미미한 한 줄기 빛에도 경탄하게 된다. 에밀리는 어머니들의 왕국보다 조금 더 먼 곳으로 가 햇빛을 찾는다. '의인들이 잠든 시각', 밝은 초록색 벽지의 주방 벽난로 앞에서 오빠와 열정적인 대화를 나눈다든지 하면서.

학업을 마치고 보스턴으로 교사직을 구해 떠난 오스틴은 그곳에서 심각한 향수병을 앓는다. 고향이라 해 봐야 애머스트의 한 벽돌집이고, 그 집은 어머니의 천천히 뛰는 심장에 불과하지만 말이다. 아버지는 집으로 돌아온 그에게 자신과 함께 일할 것을 제안한다. 그는 제안을 받아들인다. 어머니는 아들의 귀향을 조용히 지켜본다. 침묵은 광기에 들린 어머니들이 쥐고 있는 겁이다. 그들은 깜짝 놀란 자식들의 방랑하는 영혼에 검을 꽂는다. 이 여인들은 찬양받을지니, 그들 덕분에 우리에겐 원대한 심장을 품을 수 있는 기회가 오롯이 주어지는 셈이다.

헝클어진 적갈색 머리에 왕자 같은 요란한 치장 — 강렬한 색깔의 기수 복장, 챙이 넓은 대농장 주인의 모자, 오렌지 나무 지팡이 — 을 한 오스틴은 왕이 자신의 작은 왕국을 걷듯 애머스트의 거리를 활보한다. 대학에서 회계 업무를 보았던 그는 아버지의 뒤를 이어 교육자의 자질을 그곳에서 발휘하기로 결심한다. 그는 그림과 연극, 말을 좋아한다. 자신만만하고 신랄한 그는 모두와 불화하지만 에밀리만은 예외이다. 이 여동생에게 그는 매료당한다. 에밀리는 그에게 '선善의 화신'이다. 결혼을 하고 나서도 그녀를 필요로 한다. 에밀리는 그와 농담을 하고, 그의 구두와 셔츠를 수선하고,

그에게 장을 봐 달라 청하고, 도시에 나도는 험담들에 대해 묻는다. 그녀는 그를 안심시키며, 그의 비위를 맞추고 용기를 북돋워 준다. 그의 자상한 어머니다. 에밀리는 오스틴을 돌보고, 비니는 에밀리를 돌본다. 세 아이가 서로 손을 잡고 삶이라는 거대한 강을 건너며 한 사람도 물에 빠지지 않게 하려 애쓴다. 그들에겐 부모가 없다. 아무도 부모를 가진 적이 없다. 그저 곁에 있는 것만으로도 우리가 죽지 않도록 해 주는, 그런 누군가가 없다는 말이다.

*

　　에밀리의 친구였던 소피아 홀랜드의 얼굴에 삶은 명백히 모순되는 텍스트를 쓰게 된다. 사시나무 이파리를 스치는 바람이라고나 할까. 하느님은 걸작이라 할 만한 소녀의 이 얼굴을 느닷없이 종이처럼 구겨놓는다. 친구가 죽을 것임을 안 에밀리는 그녀를 보고 싶어 한다. 죽음은 일을 거꾸로 해 나가는 도공이다. 에밀리는 진흙 같은 육신에서 신성한 숨결이 빠져나가는 걸 지켜본다. 이 광경이 그녀로 하여금 영원히, 사라져 가는 생명들의 수호자며 보이지 않는 세계의 은닉자가 되게 한다. 소피아의 영혼이 에밀리의 붉은 심장, 그 보석 상자 안으로 에메랄드처럼 떨어진다.

　　어린 시절 에밀리는 어느 목사가 — 올라탄 말의 뒷발질로 낙마한 기수처럼 자신의 능변에 제압당한 — 외치는 소리를 들었다. "주님의 팔이 아무도 구원할 수 없을 만큼 그렇게 짧습니까?" 목사는 잇달아 평범한 답변으로 자신의 질문을 마무리했지만, 아이의 머릿속에 지펴진 불은 꺼질 줄 모른다. 소피아가 땅에 묻히자 에밀리는 잰걸음으로 우울증의 수도원으로 들어간다. 딸의 치유를 위해 부모는 그녀를 라비니아 이모집에서 한 달간 머무르게 한다. 이번에도 에밀리는 그곳에서 평화를 되찾는다. 소피아의 죽음이 가져다준 교훈을 잊을 순 없지만 말이다. 매순간 세상의 종말을 응시할 것.

무無와 사랑은 끔찍한 한 족속이다. 우리의 영혼은 그 둘이 오리무중의 드잡이를 벌이는 장소다.

*

　아버지는 딸들에게 접근하는 젊은이들 앞에 눈썹을 치켜뜨며 만리장성을 쌓는다. 하지만 조지프 리먼이 다가와 애교 있고 재기발랄하며 타고난 기품을 갖춘 비니 같은 여자를 유혹하는 걸 막을 수는 없다. 젊은이는 그녀의 집 장미 덤불 앞에서 그녀에게 키스를 한 뒤 사라지는데, 그녀가 가족과 살던 집을 떠날 수 없을 거라는 이유에서였다. 정해진 시각 저주에 걸리게 되는 동화 속 인물처럼 비니는 이 장미꽃들 한복판에 망연자실한 모습으로 남는다.

　장미꽃을 저버린 이 변절자가 시야에서 사라진다. 그의 말발굽 밑에서 별 먼지가, 어떤 직관의 금가루가 날린다. 1860년 그가 기록한, 에밀리의 첫 초상. "희미한 빛이 드는 서재로 흰옷을 입은 영靈이 들어온다. 나사천에 꼼꼼히 싸인 어렴풋한 윤곽, 반짝이는 순백의 촉촉한 얼굴, 대리석상처럼 단순해 보이는 머리 모양." 외관이 아닌 '사물들의 영혼'을 보는 '개암' 같은 눈, '작고 단단하고 날렵하며, 덧없는 것들에 무관심하며 뇌의 명령에 완벽히 복종하는 아주 강력한' 손, '정선된 말과 희귀한 생각과 별처럼 반짝이는 이미지들과 상처 입은 날개의 단어들밖에 흘러나오지 않는' 입.

에밀리의 머리엔 살아생전 천재의 면류관이 씌워지지 않는다. 그녀의 글들은 모두 그녀의 가시 면류관과 함께 머리맡 탁자 서랍 깊숙이 묻혀 있었다. 에밀리가 글을 쓰는 동안 비니는 집 안 어디를 가나 그녀를 따라다니는 고양이들을 먹인다. 계단을 쓸고 장을 보는 것도 비니의 몫이다. 그녀는 복음서의 마르타 역을 맡으며 거만하고 무뚝뚝한 어투로 말한다. "내 아버지는 신앙을, 어머니는 사랑을 지녔다. 오빠에겐 애머스트가 있다. 그리고 에밀리는 생각을 지녔다. 우리 중에 에밀리만이 그 일을 해냈다." 언니가 더 이상 외출을 하지 않자 그녀가 대신 상점에서 옷을 입어 보며 에밀리의 흰 드레스들을 구하게 된다. 상점 주인이 그녀에게 왜 언니더러 '기분전환으로' 바람 쐬러 나오게 하지 않느냐고 물으면 그녀가 받아친다. 강렬한 독서의 삶을 타고난 에밀리에게 왜 다른 걸 하도록 강요하느냐고.

*

　1879년 7월 4일 독립기념일 한밤중에 디킨슨가 저택 근방 한 대형 상점에 불이 난다. 종소리에 깬 에밀리는 맨발로 창가로 달려가 거대한 해가 하늘을 집어삼키는 광경을 목격한다. 달도 놀라 하얗게 질리고, 재앙을 당해 둥지에서 나온 새들도 빛에 취해 목청이 터져라 지저귄다. 비니는 당장 달려가 언니를 안심시킨다. "무서워하지 마, 언니. 7월 4일이잖아." 비니는 에밀리의 손을 잡고 그녀를 어머니 방으로 데려간다. 이 소동도 어머니를 깨우진 못한다. 어머니는 너무 불행해 세상 무엇에도 마음이 동하지 않는 영혼들을 닮아 있었으니까. 그 무심함이 지혜처럼 보이는 사람들. 두 딸은 어머니가 그대로 잠을 자도록 내버려 둔다. 가정부인 매기가 그녀의 머리맡을 지킨다. 매기 역시, 그저 헛간이 타는 거라며 신경 쓸 일이 전혀 아니라고 에밀리를 안심시킨다. 에밀리는 여동생과 가정부의 거짓말을 믿는 척한다. 불길이 마녀들처럼 애머스트 대로에서 자신들

의 기다란 머리털을 쓸어내린다. 목재를 와작와작 맛
있게 먹어 치운다. 밖은 대낮처럼 환해, 정원 깊숙한 곳
자두나무 이파리를 기어가는 애벌레의 비로드 같은
주름조차 알아볼 수 있을 정도다.

에밀리의 방에는 창문 네 개가 있고, 다섯 번째인
하나가 더 있다. 성서다. 이 통유리창을 통해 영혼은 천
국이 끔찍이도 가까이 있음을 알아챈다. 녹색 가죽 장
정에 촘촘한 글자들로 채워진 에밀리의 성서는 글씨
가 아주 작아 얼굴에 바싹 가까이 대고 읽지 않으면 안
된다. 그 안엔 불길 속에 던져진 세 아이의 이야기도 들
어 있다. 불길 속에 둥글게 앉아, 웃고 찬미의 노래를
바치는 아이들. 그들 곁엔 비니 같은 보이지 않는 누군
가가 있었음이 틀림없다. 그들이 세상 무엇도 앗아 갈
수 없는 영혼의 평화를 누리며 포기의 불길 속을 통과
할 수 있도록 도와주는 누군가가.

"진리가 나의 고장이다. 그런데 여동생은 너무도 자주 회한의 고장에 산다." 에밀리는 이렇게 말하며, 비니가 겪는 고질적인 두통을 암시한다. 주변 사람들의 마음을 그리도 잘 보듬는 여동생이건만, 화염처럼 타오르던 장미꽃들 사이에서 도둑맞은 입맞춤에 대한 기억 앞에선 속수무책이다.

*

세 어린 디킨슨이 맨발로 걷는 방 마룻바닥에 질투
의 뱀들이 기어 다닌다. 낮엔 아이들의 놀이가 드리운
그늘 속에 똬리를 틀고, 밤엔 높이 자란 몽상의 풀들 사
이에서 일렁인다. 30년이 지난 뒤에도 그것들은 여전
히 그곳에 있다. 오스틴은 때로 누이의 보이지 않는 제
전에 반기를 든다. 흰 후광에 싸여 어린 소녀의 목소리
로 방문객을 맞는 누이를 보며 그녀가 '거드름을 피운
다'고 생각한다. 그러나 애머스트 거리에 좀체 모습을
드러내지 않는 에밀리를 두고 사람들이 '신화'라 부르
며 그녀의 이상한 점을 지적하면 그는 입을 굳게 다문
다. 디킨슨 일가가 아는 거라고는 자체의 법칙뿐. 이 사
실을 비니는 자기식으로 도도하게 말한다. "이 집에선
각자가 자신의 왕국을 다스리는 왕이에요."

자신의 영혼을 지독히도 구속했던 에드워드는 마
치 보이지 않는 세계의 설욕처럼 몽상가요 탐독가인

아이들을 낳는다. 법률가가 된 오스틴은 자신이 쓴 시 몇 편을 에밀리에게 보여 준다. 그걸 읽은 그녀는 냉혹한 유머가 깃든 소견을 내놓는다. "나 역시 평소에 글을 쓰는데, 오빠가 내 걸 훔치려 한다는 느낌이네. 페가수스 오빠, 조심해요. 안 그러면 경찰을 부를 테니까!" 페가수스 오빠는 더 이상 — 적어도 잉크로는 — 글을 쓰지 않게 된다. 대신 그는 자신의 돈으로 대학 인근 지대를 정비한다. 그가 심게 한 관목들의 붉은 열매는 겨울을 훈훈히 덥혀 줄 테고, 나무들은 잿빛 계절 내내 싱싱한 초록빛 믿음을 간직할 터. 보상을 바라지 않는 친절한 마음, '먼 곳'에 대한 이 염려야말로 비길 데 없이 심오한 시의 흔적들이다.

*

  소학교의 어둠 속에서 에밀리는 책들이 지니는 부
활의 힘을 발견한다. 애머스트 아카데미*에선 젊은 교
사 레너드 험프리에게 반한다. 그는 1851년에 죽는다.
사랑하는 이들의 얼굴 뒤에서 타오르는 '영원'은 그 얼
굴에 자신의 광채를 부여한다. 이 영원이 너무 가까이
다가오면 얼굴은 납빛처럼 하얘져 녹아내리고, 사라진
다. "나는 몸에는 관심이 없다. 수줍은 영혼만을 사랑할
뿐."

  애머스트의 학교에 다니는 너무도 분별 있는 이 여
학생은 하느님이 매 순간 세상을 즉흥적으로 창조해
내는 것을 바라본다. 그녀는 자신이 사랑하는 것들의
목록을 남몰래 만든다. 시, 태양, 여름, 천국. 그게 전부
다. 목록은 완성되었다, 라고 그녀는 기록한다. 하지만
첫 번째 단어로 족하다. 시인은 태양보다 더 순전한 태

---

* 초등 교육 과정을 마친 에밀리는 7년에 걸쳐(1840~1847) 이곳에서 중·고등 과정 수
준의 교육과 문예 창작 훈련을 받는다.

양을 낳으며, 그들의 여름은 영원히 기울지 않고, 천국
은 그들에 의해 그려질 때만 아름다우니까.

*

애머스트 아카데미 시절, 조용하고 비사교적이며 발작적인 웃음을 터뜨리기도 하는 에밀리는, 저마다 하나의 별명을 갖는 작은 무리의 일원이기도 하다. 그녀의 별명은 '소크라테스'. 진리를 일깨우려 분투한 탓에 아테네 사람들에겐 견딜 수 없는 존재였다는 사색가. 친구들은 서로에게 조바심 어린 편지를 쓰고, 하루에도 여러 번 부채처럼 펼쳐지는 떠들썩한 웃음 뒤에 숨는다. 그들은 머지않아 진지한 수확의 시기가 닥칠 것임을 안다. 남편, 아이들, 존중받는 삶. 에밀리는 젊음의 술잔에, 고통과 격정을 함께 나누는 이 덧없는 축복에 입술을 갖다 대고 맛을 본다. 실망이 하늘로부터 내려온다. 떠나야만 하는데, 누구 혹은 무엇을 만나기 위해서일까?

태어나는 순간 아이들 각자에게 무언가가 주어진다. 무無나 다름없는 무엇. 형태도 이름도 없으며, 영예

랄 것도 전혀 없는 무엇. 하지만 그것이 우리의 유일한 재산이다. 언뜻언뜻 섬광처럼 보이는 것. "살아 있다는 단순한 느낌 자체가 내겐 황홀경이다."라고 에밀리는 말한다. 그 무의 흰 꽃이 때때로 붉은 심장 속에서 피어난다. 성인들에게서 공통적으로 찾아지는 꽃, 절대로 시들지 않는 꽃이다. 성스럽다는 건, 살아 있다는 것이다. 살아 있다는 것, 자신만의 방식으로 자기 자신이라는 것. 관능적인 빛을 발하는, 올곧은 아비야 팔머 루트가 확신에 찬 여왕의 걸음으로 천천히 계단을 ─ 꼭대기엔 깜짝 놀란 에밀리가 서 있다 ─ 오른다. 이 환영의 머리에선 귀에 걸린 전리품 같은 민들레꽃이 활활 타오른다. 그녀에게서 전해지는 농촌 아낙의 우아함과 의기양양한 평화가 에밀리의 마음을 부수고 들어가, 에밀리는 1854년까지 이 민들레 수도회 수녀원장에게 편지를 쓰게 된다.

아비야는 자신이 환영임을 모른다. 그녀는 에밀리의 편지에 계속 침묵으로 일관한다. 실망을 안겨 준 이들을 에밀리가 분류해 넣는 '유령들의 상자'에 아비야 역시 포함될 위험이 있었음에도. 에밀리는 세상의 유약함을 깨달음과 동시에 반대급부로 글의 힘을 발견한다. 헝클어진 태양 같은 민들레를 귀걸이로 삼던 이가 생기 없는 안락한 삶 속으로 멀어져 갈지언정 민들레의 영광은 남는다. 내리치는 가을비에 시달리는 꽃, 일상의 굶주림에 속박당한 암소들에게 뜯어 먹히는 꽃. 그럼에도 이 꽃들은, 그 비와 암소들을 이야기하며 사랑하기도 하는 언어를 사방으로 퍼뜨린다. 말은 불멸의 태양이다.

*

애머스트 아카데미 시절이 막을 내린다. 졸업 파티
가 열리고, 진지한 연설이 있고, 분위기를 바꿔 주는 소
녀들의 합창이 있다. 에밀리도 합창단원 중 한 명이다.
애머스트의 처녀들, 그들이 노래한다. 새처럼 지저귄
다. 이 참새들 사이에 울새 하나가 — 에밀리가 — 끼어
있음을 아무도 눈치채지 못한다.

개종의 천사가 일대를 빈둥대며 돌아다닌다. 마운
트 홀리요크. 에밀리가 새로운 학업 과정을 시작하러
들어가는 이 학교 담벼락 앞에 천사가 손에 나무 검을
들고 어슬렁대는 모습이 보인다. 3백 명의 소녀들이 날
마다 설교 말씀을 들으며 그 뿌연 빛 아래 지식의 낟알
을 쪼아 먹는 곳이다. 학교장인 메리 라이언이 암탉처
럼 자신의 무리를 돌보며 절름발이 영혼들을 간파해
낸다. 학생들이 저마다 앉은 자리에서 일어나 새 교회

---

* 에밀리는 애머스트 아카데미 졸업 후 10개월가량 이곳에서 신학 교육을 받는다. 오늘
날의 명문 여대 마운트 홀리요크 칼리지의 전신이다.

에 대한 소속 의지를 표하기로 되어 있는 날, 모두가 순종하지만 에밀리는 예외다. 걱정 어린 비난의 웅성임이 일고, 경각심을 느낀 개종의 천사가 도착한다. 의자에 앉은 이 어린 반항아를 지켜보던 천사는 진단을 내린다. 다그쳐 봐야 소용없음, 마음을 바꾸지 않을 것임. 그녀의 관을 짜게 될 나무는 그녀가 누워 있던 요람의 나무와 동일할 것이다. 어딜 가나 회중은 하늘을 제 것으로 삼는다. 에밀리는 어떤 회중에도 끼고 싶은 마음이 없다. 하느님의 친구들 무리에는 더더욱. 하느님께서 오시고 싶다면, 어딜 가면 그녀를 찾게 될지 아실 것이다. 얌전한 학생이라면 자신들의 근사한 의식에 참석하러 가겠지만, 성인聖人은 얌전한 학생이 아니다.

에밀리는 마운트 홀리요크에 몇 개월밖에 머무르지 않는다. 아버지가 딸을 다시 집에 두고 싶어 해 그녀의 학업은 끝이 난다. 그녀가 돌아오는 날, 모두가 문

앞에 나와 그녀를 반긴다. 어머니는 눈에 눈물이 가득한 채, 고양이는 그 자연스러운 품위를 한껏 뽐내며 우아하게. 뒤이어 진주를 품은 굴이 껍질을 닫듯 그녀를 품은 집의 문이 닫힌다. 그녀는 다시는 그곳을 떠나지 않게 된다. "집은 내게 곧 하느님이다." 그런데 하느님은 어떤 부재도 용납하지 않으신다.

*

아일랜드인 하인 여섯이 공들여 관리하는 디킨슨
가의 부유한 저택. 밤이 미끄러져 들어와, 잠에 의해 서
서히 육신에서 분리되는 영혼들의 냄새를 맡는다. 모
두가 잠든 시각, 벽시계가 — 시간의 단두대가 — 똑딱
거리는 희미한 소리뿐. 그리고 가끔씩, 오래된 떡갈나
무 장롱의 신음소리(숲속 나무들의 류마티스라면, 손
쓸 도리가 전혀 없다)가 들린다. 밤은 계단을 오른다.
에밀리의 어머니가 온종일 우울증에 시달리다 축복처
럼 맞는 밤. 죽은 당나귀보다 더 무거운 규범의 가방을
마침내 어깨에서 내려놓은 아버지가 무슨 승진처럼
자축하는 밤. 밤은 다시 계단을 내려와 응접실로 들어
서고, 촛불이 밝혀진 방 앞에 이르러 뒤로 물러선다. 에
밀리가 피아노를 치고 있다. 그녀는 연주를 멈추고 밤
늦도록 글을 쓰지만, 그럼에도 아침엔 가장 먼저 일어
나 모두의 아침 식사를 준비한다.

교회 안에 살아 있는 것들 — 타오르는 촛불들의 속삭임, 부재하는 누군가를 향해 고양된 마음, 사고파는 세계로부터의 기적적인 이탈 — 을 에밀리는 제 것으로 삼는다. 성서의 시편에선 그 운율을 빌려 와 피아노를 연주한다. 악기 앞에 앉기 전 그녀는 높은 옥타브와 낮은 옥타브를 천으로 덮는다. 그녀가 〈보나파르트의 무덤〉과 〈처녀들은 더 이상 울지 않는다〉 연주를 배웠을 때의 첫 피아노 소리를 되찾기 위해서다. 열네 살엔 이런 유행가를 치지만 곧 그만두고 즉흥연주를 한다. 자신이 작곡한 곡에 〈악마〉라는 제목을 붙인다. 곡을 듣는 사람들은 이상하다는 느낌을 갖는다. 성서에서 악마는 '비방하는 자'로 불리지만 에밀리는 정반대의 일을 한다. 삶이 지니는 누가 봐도 덧없는 무언가에 대해 그녀는 궁극적인 옹호자가 된다. 그녀는 남은 그림자에 그 곡을 바친다. 때로 스스로를 '사탄의 딸'이라 부르지만 — 하느님과 메리 라이언에게 떼 지어 자신

들의 꿈의 열쇠를 맡기는 친구들을 따를 수 없음을 못
내 아쉬워하는 척하며 — 밤의 심부에서 흐르는 악마
같은 음들에선 천사의 휴식만이 들릴 따름이다. 모든
게 우리 안에서 숨 쉬고 노래해야만 한다. 무無마저도.

　그녀가 피아노의 용도를 발견한 건 라비니아 이모
집에서다. 피아노를 연주하고 있으면 — 길 잃은 아이
의 작고 떨리는 손일지언정 — 버림받았다는 견딜 수
없는 회한에서 한 발짝 물러설 수 있다는 것. 피아노는,
어떤 순전한 책의 페이지가 그렇듯 우리를 폭풍우로
부터 지켜 줄 수 있다. 에밀리는 피아니스트가 되고 싶
다는 생각도 하지만 보스턴에서 열린 안톤 루빈시테
인의 연주회를 보고는 마음을 바꾼다. 음악으로는 결
코 그런 완벽에 이르지 못할 터였다. 그 연주회 이후 결
정적으로 그녀는 글쓰기의 금광맥 속으로 들어간다.
피아노는 그저 감옥의 안마당을 거니는, 한밤중의 산

책에 지나지 않을 것이다. 땅에 모를 심듯 손가락으로 건반을 힘주어 누르면서 감방과도 같은 머릿속을 나오는 잠깐의 탈출.

밤은 자신의 여왕을 찾아냈으니, 디킨슨가 사람들 중에는 잠을 거의 자지 않는 누군가가 있다. 무분별한 꽃들은 새벽 두 시에도 대기 중에 피어나는 법. 아무도 그걸 두고 불평하지 않는다. '악마'의 흐느낌에 종종 잠이 깨곤 하는 디킨슨가의 손님들조차도.

*

　시는 글쓰기의 한 양식이기 이전에 그녀의 삶에 방향을 제시하며 그녀를 보이지 않는 세계의 일출을 향해 돌려세우는 방법이다. 자신이 구운 생강 빵을 바구니에 담아 줄 끝에 매달아서는 방에서 거리로 내려뜨려 아이들이 먹게 한다든지, 정원의 장미꽃을 극진히 돌본다든지, 어머니의 폭력적인 우울증 앞에서 그렇게나 경쾌한 인내심을 발휘한다는 것. 이 모두가 에밀리에겐 천재성의 명백한 원천인 '공감'을 펼쳐 보일 기회가 되어 준다. 수잔 역시 등장하기 무섭게, 에밀리의 염려의 대상인 '마법에 걸린 무리' 속에 들게 된다.

　수잔의 아버지는 애머스트에서 평판이 나쁜 선술집을 운영한다. 수잔이 아홉 살 때 그녀의 어머니는 폐결핵으로 세상을 뜬다. 그리고 2년 뒤엔 싸구려 술을 마셔 대던 아버지가 죽는다. 사람들은 누구나 언젠가는 식인귀의 집에 발을 들이게 되는 법. 어린 수잔의 삶에선 그녀가 피난처라 믿었던 언니의 남편, 즉 옷감 장수인 형부가 바로 그 식인귀이다. 이 상인은 자신이 맡고 있는 여자애를 경멸한다. 무식한 아버지의 앞치마에 묻어 있던 술찌끼의 얼룩들이 딸의 영혼에도 져 있다는 듯, 아침마다 마주치는 이 아이를 천박하다고 생각한다. 상황이 허락되자 곧 그녀는 그 집을 떠나 남의 집살이를 하게 되고, 더러운 방에서 자며 신발에 뚫린 구멍을 응시한다. 그러면서 책의 세계를 발견하며 완전히 그르쳐진 건 아무것도 없다는 사실을 깨닫는다. 새로운 책을 읽을 때마다 그녀에겐 그 텍스트들이 한밤중에 내린 눈처럼 신선했으니까.

어두운 아름다움을 지닌 스무 살의 수잔은 웃음으로 불행에 채찍질을 가한다. 오스틴이 그녀 주변을 오가며 주저하듯 구애에 나선다. 이 젊은 여인에게 매료된 에밀리는 오빠가 '약혼을 했다'는 소문을 퍼뜨린다.

동네가 이 소문으로 떠들썩하자 오스틴도 마음을 굳히며, 결혼을 천박한 관행이라 이르며 여러 달이나 결혼을 거부한 여자를 아내로 맞는다. 무뚝뚝하고 참을성 없고 야심가인 그녀는 완벽한 여인이다. 그런 여인의 사랑을 쟁취한다는 건, 어머니의 관심을 자신에게로 모으는 것과도 같다. 불가능해 보이는 짜릿한 과업.

모든 결혼은 죽음과 부활의 미묘한 결합이다. 결혼을 함으로써 수잔은 붉은 악마를 품은 술통이나 굴리는 떳떳하지 못한 아버지를 떠나, 흰 대리석 천사들인 명사名士들도 앞에서 깊이 몸을 숙이는 시아버지에게로 온다. 에드워드는 신혼부부를 위해 에버그린이라는 이름의 이탈리아식 저택을 짓게 한다. 에밀리가 사는 오렌지색 벽돌집을 마주한, 적갈색 목재로 지은 집이다. 두 집 사이는 백 미터 거리. 둘 사이를 잇는 이 밀수업자의 길을 통해 30년 동안 책과 꽃, 약, 달걀, 사랑의

말이 오간다. 사랑의 말의 격렬한 변주이자 따지고 보
면 더 큰 설득력을 지닌 이별의 말 역시.

*

이젠 어느 누구도 그녀를 보면서 ─ 혹은 신문에서 그녀의 이름을 읽으면서 ─ 그녀의 아버지가 죽을 때까지 달고 살았던 싸구려 술 냄새와 젖은 개의 냄새를 맡지 못한다. (에버그린 저택 앞의 더위에 지친 장미와 나팔 모양의 황금빛 인동덩굴, 그리고 이론의 여지가 없는 디킨슨가의 부富는 한결 고상한 냄새를 풍긴다.) 그사이 수잔은 교제의 범위를 넓혀 가려 애쓴다. 초대를 받은 법조인, 정치인, 순회 강연 중인 작가들이 현관 불빛 아래로 무늬말벌들처럼 모여든다. 그들은 여주인의 검은 눈에 빠져들며, 그녀의 손목에서 찰랑대는 은팔찌와 붉은 인디언 숄, 쌀쌀맞은 태도에 매료당한다. 에밀리는 자신의 방에서 에버그린 쪽으로 난 창을 통해 대단한 인물들이 그 화강암 계단을 오르는 모습을 지켜본다. 당시에 이름을 날리던 이 작가들은 ─ '보이지 않는 세계'를 설파한 그 유명한 사상가 에머슨도 오스틴과 수잔의 집에 와 하룻밤을 묵는다 ─ 자신들이

엉뚱한 집 문을 두드렸음을 깨닫지 못한다. 그 시대 가장 위대한 시인이 바로 옆집, 흔들리는 레이스 커튼 뒤에 있었는데 말이다.

수잔의 입술에 공허한 말들이 지나치게 떠오를 때면 에밀리는 그 모두를 한 통의 편지 안에 고스란히 옮겨 적은 뒤 종잇장 위에 난데없는 독침을 쏜다. "네 부유함이 내게 가난을 일깨워 주는군, 수지."

*

 수잔은 모든 사랑의 속성인 불가사의한 결핍을 에밀리에게 가르쳐 준다. 그 보답으로 에밀리는 수잔에게, 쓰고 생각하는 행위로 인해 삶이 얼마나 광대해지는지를 알게 해 준다. 그녀는 수잔에게 자신의 시들을 보여 준다. 부활의 대기실, '순백의 방'에 있는 죽은 이들을 묘사한 시는 수잔의 비평에 따라 다시 쓰인다. 그녀의 시에서 수잔은 '클레오파트라', '골리앗', '베수비오 산', '영원'이라 불리며, 세 편의 에로틱한 시에서 '인형'이라 불린다. 무수한 사랑의 이름들이 자신에게 오도록 내버려 두기, 그중 어느 하나도 내쫓지 않으면서 진지한 답변을 하지도 않기, 이것이 수잔의 천재성이다. 이처럼 반향이 부재하자 에밀리의 마음은 달아오른다. 어두운 자신의 방에서 헛되이 어머니를 부르다 결국 스스로의 눈물에 압도되고 마는 아이처럼.

 1852년 6월, 에밀리는 볼티모어에 체류하는 수잔에

게 제비꽃을 동봉한 편지를 보낸다. 편지를 전달하는 이는 에밀리의 아버지다. 그는 볼티모어를 경유해 전당 대회에 참여하기로 되어 있다. 에드워드는 그저 어린 아가씨의 평범한 편지를 전달하는 거라 믿는다. 부질없는 말들을 담은, 가볍고 모호한 내용의 편지. 청교도적 엄격주의의 덫에 걸려 그 스스로 장님이 되고 만 것이다. 애머스트의 주인 손에 들린 금빛 편지지들, 그것들을 감싼 봉투엔 에밀리의 당부가 연필로 쓰여 있다. "나를 열어 줘, 조심조심."

어찌 됐든 수잔에게서 세 아이가 태어난다. 첫 번째 아이가 간질을 앓는다. 어머니가 영혼 깊숙이 묻어 두었던, 가난 앞에서 경험한 공포의 전율이 되돌아와 아들의 몸을 흔들어 놓는다. 오스틴은 마구간의 말에게 아들의 이름을 준다. 가을날 나뭇가지 끝에 달린 마른 잎처럼 몸을 떠는 아이를 낳은 것에 대한 회한을, 연한

밤색의 이 민첩한 말이 보상해 준다. 아이가 태어나고 처음으로 에밀리는 알게 모르게 ─ 거울에 서리는 김처럼 ─ 수잔과 거리를 두게 된다. 그럼에도 그녀의 편지들은 수잔의 창 앞에서 날개를 파닥인다. 절대적인 생명을 품은, 애원과 도도함이 동시에 전해지는 무수한 말들.

수잔이 매번 여행을 떠날 때마다 에밀리의 문장들은 열병을 앓는다. "다음번엔 너를 관에 넣어 정원에 묻고 한 마리 새를 시켜 지키게 할 거야." 물론 그래봐야 아무 소용이 없다. 부동의 관계란 존재하지 않는 법, 우리가 죽은 이들과 맺는 관계조차 예외가 아니다.

두 여자 사이의 사랑도 어쩔 수 없이 금이 가지만, 황금 항아리엔 ─ 이가 빠졌을지언정 ─ 맑은 언어의 물이 여전히 부어진다. 어느 오후 수잔이 집에 들렀다가 그녀를 보지 않고 간 사실을 안 에밀리는 한탄한다.

"네가 왔다는 걸 알았다면, 천국에 있다가도 나와 문을
열어 주었을 것을."

*

　완고한 전나무 숲들이 불침번을 서는 평원에 3천
명의 주민을 품은 애머스트가 수잔에겐 사막이나 다
름없다. 그녀는 뉴욕으로 달아나 1860년 당시 유행하던
금박 장식이 든 검정 드레스를 사고 싶다는 생각뿐이
었으니까. 에밀리는 자신의 시에서 승리한 이들을 두
부류로 구분한다. 우선 세상의 갈채를 받으며 번쩍이
는 옷을 입고 오페라 공연이나 쾌적한 여행을 즐기는
이들이 있다. 반면 세상의 몰매를 받으며 승리를 구가
하는 이들은 눈雪의 옷을 당당히 차려입고 집에 머문
다. 애머스트 주변 대도시들에선 같은 저녁 피아노나
성악 독주회가 동시에 피고 진다. 에밀리는 아버지가
그렇듯 이런 외출에 관심이 없다. 가장 놀라운 공연은
바로 공연을 관람하는 사람들이다, 라고 그녀는 말한
다. 애머스트에선 아무 일도 일어나지 않으며, 그거야
말로 온전한 상태의 삶이다. 세상의 찬미를 구하는 수
잔과 천상의 양식을 구하는 에밀리 사이에 점점 간극

이 벌어지고 냉기가 감돈다. 얼어붙은 황금 항아리는 깨지고 만다. 에밀리는 그 깨진 조각들을 마음속에 거두어들이지만 그 후 16년 동안 에버그린에 더는 발을 들이지 않는다.

에밀리가 신성한 도시로 만든 애머스트를 수잔은 다음과 같이 묘사한다. "천사에게 향수를 불러일으키기에 적합한, 희망 없는 황량한 장소. 음산한 떨림을 지닌 교회 종소리가 내 겨울 몽상 속에 여전히 울린다." 비통한 어조다. 이 말을 하는 여인은 나이가 많으며, 공연의 막바지에 와 있다. 배우들 대부분이 무대를 떠나고, 맨 앞줄 좌석엔 놀란 얼굴을 한 죽은 이들뿐이다. 오스틴 ─ 젊은 시절에 '수탉'이라는 별명으로 불렸던 ─ 은 그녀보다 훨씬 쾌활한 여자와 여러 해 바람을 피웠다. 죽음은 부부의 세 아이 중 가장 사랑스러운 아이를 데려가 버렸다. 애머스트는 수잔의 혐오감을 고스란히 대갚음해 그녀에게 술주정꾼이며 선정적인 여자라는 평판을 안긴다. 에밀리는 수잔과의 관계가 소원해진 뒤에도 그녀를 언제나 '수줍고 흠 없는 여자'라 평했지만 말이다. 죽음이 이번엔 수잔을 낚아채 자신의 식물표본집 안에 누인다. 세월이 이들 이름 위로 흐르자 한때 또렷이 들렸던 탄식 소리가 지워지고 헌신과 애정이 빛을 발한다.

*

　묘혈이 갓 메워진 에밀리의 묘는 전쟁터가 된다. 둘도 없는 슬픔의 마비 상태가 지나가자 가족은 손에 펜을 든 채 그녀의 시를 읽는다. 수잔에게 헌정된 시,「집에 여동생이 하나, 울타리 너머에 또 다른 여동생[*]」은 비니가 줄을 그어 삭제하고, 헌사도 지워진다. 에밀리가 기대어 울기를 꿈꾸었던 수잔의 젖가슴을 언급한 또 다른 시는 혐의의 여지가 없는 어느 목사의 아내를 염두에 둔 것으로 치부된다. 그러나 불굴의 순수함이 깃든 에밀리의 목소리가 친구를 지옥에서 구출해 낸다. 디킨슨가의 사람들이 사는 두 집 사이, 가장자리를 따라 접시꽃이 심어진 산책로에서 수잔이 나타난다. 검열과 죽음을 통과하고 탈바꿈한 모습으로, 그녀 눈에만 보이는 포도주 얼룩을 지우려 양손을 비벼대면서.

---

* 디킨슨 시집은 1995년 하버드판에 이르러 연대순으로 정리되어 완성된다. 이 시는 거기 수록된 1775편의 시 가운데 14번째 시(1858년)다.

"끝없는 밤을 방황하게 될지언정 나는 여전히 나지막이 속삭일 것이다. '수우'라고." 한 줄기 노래가 일면 시의 여과기로 걸러진다. 노래는, 가장 순수하고 뚜렷이 실재하는 무언가를 얘기하고 싶어 한다. 노래하는 여인이 죽은 후엔 책이 그 노래를 생생히 간직하지만, 그렇다고 시가 책 안에만 쌓이는 것은 아니다. 때로 시는 소리 없이 지나간다. 누구의 눈에도 보이지 않는 일상의 천사처럼. 아이들에게 건네진 향긋한 생강 빵, 망상에 시달리는 어머니의 머리맡에 받쳐진 베개, 이것들은 더한층 순수하며 뚜렷이 실재하는 무엇이었다.

*

에밀리의 어머니는 언제나 낮은 음성으로 이야기 한다. 책은 그녀를 겁먹게 하며, 주변 사람들에게 그녀 는 교양 없는 여자로 통한다. 글에 대한 그녀의 안목 부 족은 가족의 농담거리 — 몇 차례 폭소로 가족의 일원 을 생매장할 수도 있는 — 중 하나가 된다. 그녀를 제외 하고는 가족 모두가 신랄한 비판가들이다. 누군들 살 아가며 한 번쯤은 잔인해지지 않을까? 그렇다 해도 현 실에 대해 어떤 시적인 — 다시 말해 구체적인 — 시 각을 갖는 건 가능하다. 그녀가 에밀리에게 이야기한 다. 제니 히치콕의 장례식 날, 병아리들을 거느린 암탉 한 마리가 창문을 통해 죽은 이의 병상이 있는 곳까지 날아오르려 했다고. 그렇게 밑그림이 마련되자 에밀리 가 색깔을 입힌다. 그 암탉과 병아리들은 자신들을 먹 인 이에게 작별을 고하고 싶었던 거라고. 에밀리는 열 두 살 적부터 어머니의 정원 일을 거들며 천진난만한 색깔의 아네모네를 향한 사랑을 공유한다. 그러다 나중엔 백지 위로 몸을 숙이고, 어머니의 멜랑콜리를 모든 길 잃은 생명에 대한 연민으로 바꾸어 가는 작업을 한다.

1875년, 불수가 된 어머니는 딸에게 완전히 의존하는 상태에 놓인다. 일찍이 존재하지 않았던 몹시도 순수한 부드러움이 그들을 감싼다. 그러다 1882년, 마침내 죽음이 선고된다. 우리가 모든 걸 잃게 된 순간, 내면 깊숙한 곳의 무언가가 우리에게 경고해 온다. 하늘에서 우리 뱃속으로 떨어져 내린 2백 톤 되는 맷돌. 에밀리는 장례식에 참여하지 않는다. 자신의 방 테이블 앞에 앉아 눈이 시리도록 푸른 하늘을 바라본다. "영원이 바닷물처럼 나를 감싸며 차오른다." 너무도 강렬한 사건들이 있는 법이어서, 그런 순간 우리는 머릿속에서 뇌가 이탈하는 경험을 한다.

천국은, 불안을 달래 줄 무언가가 우리에게 더 이상 필요하지 않게 되는 장소이다.

*

에밀리는 다른 이들은 알지 못하는 무언가를 안다.
우린 한 줌의 사람들밖에 사랑할 수 없으리라는 것. 이
한 줌의 사람들 역시, 죽음의 무구한 숨결이 불어오면
민들레 갓털처럼 흩어지리라는 것. 그것 말고도, 글은
부활의 천사임을 안다.

1860년 라비니아 이모가 죽자 에밀리는 이모의 딸
들인 루이즈와 프랜시스에게 애착을 보인다. 그들
을 '그녀 아이들'이라 부르면서 그들에게 인형의 집처
럼 오밀조밀한 내용의 편지들을 보낸다. 각각의 편지
가 잉크의 막을 올리면 기이하고도 잔인한 무대가 펼
쳐진다. 예를 들면 에밀리에게 길을 묻는 한 노파에게,
'노파가 시간을 절약할 수 있도록' 묘지로 가는 길을 가
르쳐 주는 그날 같은. 디킨슨가의 집은 바로크적 연극
무대여서, 에밀리는 소중한 사촌들을 위해 26년간 활
기 넘치는 일지를 작성한다. "너희를 위해 늘 의자 하

나를 마련해 둘 거야. 세상에서 가장 작은 응접실인 내 마음속에." 언제나 새롭고 눈부신 공연이 무대에 오르는데, 딱 한 번은 예외이다. 그날 여동생의 부재 탓에 불안해진 에밀리는 자신의 가슴속을 관통하는 '녹슨 못' 이야기를 한다.

이 편지들과 시들의 어조는 삶과 영원만큼이나 차이가 없다. 하느님은 완벽한 독자이다. 그는 영혼을, 공기의 양피지 위를 날아다니는 나비들의 아람 춤을 어렵잖게 해독한다.* 그가 보기에 우리의 글은 언제나 관습으로 얼룩져 있지만, 에밀리가 사촌들에게 보낸 편지들만은 예외다. 거기서 그는 손거울을 보듯 자신의 환상적인 창조 작업을 목격한다.

에밀리는 죽음과의 사투에서 자주 승리를 구가한

---

* 아람어는 예수 그리스도와 사도들의 언어이다. 구약성서 일부 역시 아람어로 기록되었다.

다. 어느 저녁, 풀칠이 붙은 숄 — 눈雪의 패배며 봄의 의기양양한 발아를 상징하는 — 을 두르고 집으로 돌아오는 어머니를 묘사한 한 편지에서 보듯 말이다. 한 세기도 넘는 세월이 흘러 애머스트의 작은 무대 역시 배우들의 머리 위로 무너져 내렸지만, 편지 속 그녀의 어머니는 외출에서 돌아와 종이문을 밀치고 독자의 영혼 안으로 들어온다. 부활의 순진한 증거물들이 숄에 묻어 있는 모습으로.

*

그녀에겐 정원이 유일한 교회다. 신학의 문제로 골머리를 앓지도 않는다. 어머니 같은 산들바람이 그 서늘한 손길로 장미의 들뜬 이마를 쓰다듬는 걸 본다. 그 모습에서 그녀는 교회의 신중하고 박식한 학자들은 정녕 도달할 수 없을 결론을 내린다. "우리를 향한 하느님의 사랑은 무뚝뚝한 곰들의 사랑과는 닮지 않았다."

북아메리카 꽃들에 대한 입문서를 쓴 한 저자는 가시나무의 무구함에 대해, 살아생전 아무도 들어가지 못하는 하늘의 잔혹성에 대해, 똑같은 열정으로 이야기한다. 예지력을 지닌 이 정원사의 열정에 그녀는 매료당한다. "어릴 적 나는 꽃들이 죽는 걸 보면 히치콕 박사의 책을 폈다. 그러면 꽃들이 사라져도 위로가 되었는데, 그것들이 여전히 살아 있음을 확인했기 때문이다." 민들레는, 풀밭 사방에 멈춰 서서 휴식을 취하는 이 태양의 여행자 무리는, 그녀가 가장 좋아한 꽃이다. 그녀는 아버지의 묘소에서 클로버를 찾아내 성서의 히브리인들에게 보내는 편지 한 구절에 끼워 넣고 말린다. "믿음은 바라는 것들의 실상이요 보이지 않는 것들의 증거입니다."

유년기에서 시작해 메리 라이언 곁에 머물 때까지, 에밀리는 애머스트 주변 숲과 언덕에서 꿈을 꾸는 꽃들을 수집한다. 그녀는 그들에게 라틴어 이름을 붙여 준 뒤 투명 종이로 커버를 씌워 자신의 식물표본집에 보관한다. 머지않아 이 공동침실엔 어느 다른 세상의 창백한 수녀 4백 명이 잠을 자게 된다. 매 페이지 중앙엔 꽃 하나가 당당히 자리하며 여러 다른 꽃들이 — 줄기는 반짝이는 접착지로 고정되고 꽃잎도 거의 그대로인 모습으로 — 주변을 에워싼다. 부활의 놀라운 태양을 기다리는 동안 꽃들은 자신들의 오래전 삶의 빛나는 숨결들을 기억한다.

*

　　1874년 어느 맑은 아침나절, 애머스트의 상점들은
셔터를 내리고, 마을 위로 펼쳐진 하늘엔 반 시간의 침
묵이 흐른다. 요한묵시록의 천사가 두루마리의 일곱
번째 봉인을 뗀 뒤에 닥치는 그런 침묵. 태풍의 눈은 디
킨슨가 서재에 자리한다. 열린 관 위로 오스틴이 갑자
기 몸을 숙이고 어린 소녀 같은 서투른 열정으로 죽은
아버지의 차고 단단한 이마에 입을 맞춘다. "살아계셨
다면 저로선 꿈도 못 꾸었을 행동이네요." 이렇게 말하
며 그는 자신의 대담한 몸짓에 얼이 빠져 몸을 일으키
고는 세 발 물러선다. 죽은 이는 자신에게 바쳐진 경의
를 눈 하나 깜짝 않고 받아들인다. 시신이 이 명사名士
의 몸과 마음을 온통 사로잡아, 둘은 침묵하는 거대한
분노 ― 무능하고 냉담한 ― 에 불과한 모습이다. 에밀
리는 자기 방에 있다. 책상 앞에 앉은 채 아래층에서 들
리는, 너무도 조용조용해 두려움을 불러일으키는 목소
리들에 귀 기울인다. 그녀는 아래층으로 내려가지도,

조각상 같은 그 육신을 응시하지도 않는다.

　이틀 전인 6월 16일, 아버지의 노후한 심장이 죽음의 느닷없는 공격을 받고 산산조각 나기 몇 시간 전, 에밀리는 어머니와 여동생을 곁에서 떼어 놓을 궁리를 한다. 그녀는 오후에 보스턴으로 떠나기로 되어 있는 아버지와 몇 시간을 — 마지막 시간이 될 것임을 그녀는 아직 모르는 — 함께하고 싶어 한다. 에밀리는 평소답지 않은 다사로운 말들로 아버지를 어리둥절하게 만든다. 끝없이 재개되는 충동에 취해 노래하는 한 마리 새라고나 할지, 귀가 먹먹해지는 쾌활함이다. 자신이 왜 그런 말을 하는지 그녀도 모른다. 그 기쁨이 아버지에겐 저세상으로 떠나는 여행에 꼭 필요한 양분이 되어주었음을 그날 저녁에야 알게 된다. 이별의 괴로운 시간이 닥치자 에밀리는 아버지를 역까지 바래다드린다. 기차가 떠난다. 플랫폼에 도착한 순간, 기다리

던 죽음이 그를 맞는다. 난생처음 부모 없이 여행하는
한 아이를 수령하듯.

*

아버지가 죽은 뒤, 그녀 오빠의 성마른 증언처럼 흰색은 에밀리의 신조가 된다. 영혼의 산꼭대기를 덮은 영원한 눈마냥, 날마다 이어지는 흰옷과 흰 백합. 때론 초월적 교태라고나 할까, 그녀의 붉은 머리칼에 더 잘 어울리는 오렌지색 아즈텍 백합.

매해 디킨슨가의 집에선 문이 열리고, 애머스트 칼리지 동문들을 위한 리셉션에 정원의 장미와 덤불숲이 환히 빛난다. 흰옷을 입은 여인이 한 영혼을 달래러 하늘과 같은 자신의 방에서 내려온다. 그러나 그 소란한 무리 속에서 아무도 찾아내지 못한 채 알 수 없는 몇 마디 말을 내뱉고 다시 올라간다. 그녀의 등장은 그렇게 사라지기 위한 전주곡에 불과하다.

동네 노부인들이 인사를 건네려고 정원에 있는 그녀를 부르면 그녀는 언제나 은쟁반에 꽃 한 송이를, 아니면 대신 시 한 편을 올려 그들에게 전달되도록 한다.

꽃 한 송이, 혹은 시 한 편. 저마다 추방당한 영혼을 상

징하는 ── 하나는 빛에 대한 향수로, 다른 하나는 간결

하고도 생생한 그 기능으로 ── 완벽한 사절使節이다.

*

에밀리의 목소리 — 시의 황금빛 석관을 여는 순간 흘러나오는 — 는 너무 먼 데서 달려오느라 숨이 턱까지 차 우리 앞에 이른 누군가의 목소리다. 무수한 줄표와 함축. 천식에 걸린 천사, 혹은 무슨 소식을 가지고 달려온 어린 소녀의 목소리. 도무지 믿기지 않는 이 소식을 두고 아이의 입안에서 말이 맴도는 건, 자신이 하는 말을 우리가 듣지 않을 거라 너무도 확신해서다. 천식에 걸린 천사, 아무도 자기 말을 믿지 않는 어린 소녀, 흰옷을 입은 열에 들뜬 여인. 1870년 8월 그 저녁, 히긴슨이 눈앞에 두고도 자신의 눈을 믿을 수 없었던 그 여인이 그랬다.

전직 목사며 노예제 폐지를 위해 싸운 군인, 새로운 글에 호기심을 갖는 문인인 히긴슨은 대의를 위해서라면 투쟁을 마다하지 않는 강인한 기질의 소유자다. 그러나 평온한 영혼을 지닌 그는, 전투 중에 자신의 병사 한 명이 곁에서 죽어 가는 순간에도 아내에게 '그저 쓰러지는 나무 앞에 있는 느낌'이라고 편지에 쓴다. 이 처럼 확신에 찬 그의 삶에 에밀리가 운석처럼 떨어진 다. 1862년 히긴슨은 『애틀랜틱 먼슬리』지에 미래의 작 가들에 대한 시론을 발표한다. 그 글을 읽은 에밀리는 겸손하기 이를 데 없는 편지 한 통을 그에게 보낸다. 별 하나가 그의 제자가 되고자 해 몇 편의 시를 함께 보내 며, 그것들이 '숨을 쉬는지' 보아 달라고 간청한다. 깜짝 놀란 히긴슨이 그녀에 대한 정보를 구하자, 에밀리는 자신의 영혼에 대해 말한다. 동반자라고는 자신의 사 전뿐이라 답하면서. 에밀리의 편지들이 질풍처럼 이어 진, 생기 넘치는 8년의 세월이 흘러서야 애머스트에서 두 사람의 첫 만남이 이루어진다.

언어의 하늘로 통하는 현문 ― 그녀만이 갈고리로 열 수 있는 ― 을 통해 에밀리는 문학이라면 물리도록 맛본 이 남자의 머리 위로 눈부신 빛이 쏟아져 내리게 한다. 그녀는 자신의 생각이 만들어지는 대장간을 그에게 열어 보인다. 그녀의 시들은 '과수원을 비추는 난데없는 한 줄기 빛' 혹은 '바람이 부는 새로운 양태'에 대한 응답으로 탄생한다는 것. 글쓰기는 날마다 돌아오는 세상 첫 아침의 열기를 진정시키는 한 방법이라는 것. 그녀는 또한 스스로를 비웃으며 '미의 왕국에선 유일한 캥거루'라 칭하는데, 이 한마디로 찰나의 모든 시시한 여왕들을 압도해 버린다.

*

신전의 얼어붙은 하느님이나 전장의 도둑 같은 죽음에 맞서는 것이 '섬세한' 흰색 리넨 드레스에 공들여 손질한 푸른 모직 숄을 어깨에 두른 에밀리와 마주하는 것보다는 견디기 쉬울 터. 단 몇 분 만에 히긴슨은 기진맥진한다. 광기가 아니고서야, 그 정도로 에너지를 소진시킬 수는 없을 것이다.

히긴슨은 1870년 8월에 애머스트에 도착한다. 그가 안내된 곳은 '어둡고 서늘하며 긴장감이 감도는' 응접실이다. 에밀리가 느린 걸음으로 다가와 양손에 하나씩 들린 백합을 무뚝뚝한 몸짓으로 그에게 불쑥 내민다. 그리고 어린아이의 꺼져 가는 목소리로 이야기한다. 자신은 세상의 어떤 규범도 알지 못한다고. 그런 것들은 모조리 무시해 버리는 게 낫다며, 조심스레 양해를 구한다. 그녀가 밤낮없이 걷는 천국의 쐐기풀에 쓸려 붉은 상처가 난 말이다. 그녀의 고독 서약에 불안해진 히긴슨이라는 상냥한 이에게, 그녀는 사회적 교류에 대한 어떤 욕구도 느끼지 못한다고 대답한다. 삶은 명상의 바탕천에 불과해서, 날이면 날마다 자신은 그 천의 주름을 펴면서 명상의 빛나는 모티브를 발견하게 된다고. 그녀는 사고思考를 하느님 오른편에 둔다고. 살아 있는 자들에게서 찾아지는 '놀라는 능력'의 결핍을 두고, '천진하지 못한 삶'에 대한 탐욕스러운 취향을 두고 놀란다고.

어떤 이들은 너무도 열렬히 자기 자신으로 존재해, 가혹하게도 그들 앞에선 우리 역시 스스로의 영혼을 바라볼 수밖에 없다. 에밀리는 자신을 찾아온 방문객에게, 일찍이 이 남자 자신도 스스로에게 쏟아 본 적 없는 주의를 기울인다. 난생처음 그는 태양 같은 자신의 뇌가 두개頭蓋의 절벽에 와 부딪는 걸 느낀다. 그날 밤 당장 그는 호텔에서 기록을 한다. 그를 녹초가 되게 만들었던 이 만남에 대하여, 영원의 전선에서 헤매는 저 널리스트처럼. 지성이란 자기를 위해 어떤 독창적인 작은 상점을 만드는 것이 아니다. 지성은 삶이 털어놓는 이야기에 귀 기울이며 삶의 절친한 친구가 되는 것이다. 1870년 8월 16일 화요일 저녁만큼 그가 지적이었던 순간은 없을 터였다. 그가 직접 듣고서도 도무지 믿을 수 없는 그것을 기록하는 순간이었다. 저녁나절 내내 그의 영혼은 사시나무처럼 떨었다. 종이 위에 놓인 그의 손은 눈에 보이지 않는 진동을 하나하나 기록하는 지진계의 바늘이다. 에밀리가 지진의 진앙이요, 끔찍하고도 불가사의한 원인이었다.

"어떤 책을 읽는데 온몸이 얼어붙어 어떤 불길로도 몸을 덥힐 수 없다면, 난 그게 시詩라는 걸 알아요. 또 머리끝이 잡아채이는 느낌이라면, 그것 역시 시예요. 이 두 방식을 통해서만 그걸 알 수 있죠. 그것 말고도

또 있을까요?" 히긴슨은 대답할 수 없다. 시가 사활이
걸린 문제며 최고조에 이른 통찰이라고는 한 번도 상
상하지 못한 터. 살아 있는 이들이 이 마지막 순간, 즉
지나가는 매 순간을 너무 무서워하지 않도록 삶이 그
들 눈에 씌워 둔 천, 그 천을 벗겨 내는 게 바로 시라는
사실 역시.

*

    에밀리가 사는 고장의 경계는 그녀의 정원을 에워싼 울타리이다. 울타리 너머는 외국, 즉 미국이다. 난폭하고도 순진한 나라. 그 짙푸른 하늘의 별들이 시민전쟁으로 빛을 잃을 위기에 처한 나라. 그러나 에밀리의 글엔 이 나라가 거의 등장하지 않는다. 그녀는 그 세계에 속해 있지 않으며, 전쟁도 평화도 원치 않는다. 그녀 스스로가 죽은 이들의 눈이 되어 만사를 응시하며 끝없는 경이에 사로잡힌다.

    결핍은 세상의 벽에 뚫린 구멍 — 공기의 부름 — 이며, 글쓰기는 그에 대한 응답이다. 학업을 위해 집을 떠나 있던 오스틴이 어느 날 곧 집에 오겠다는 소식을 전해 온다. 어머니는 그를 위해 식탁을 차려 촛대와 장미꽃으로 환히 밝히고 그가 좋아하는 크림 타르트를 준비한다(암탉이 알을 낳지 않는 날에는 만들기 어려운 요리지만, 세상 무엇도 어머니의 사랑을 멈춰 세울

순 없다). 시간이 흐르며 초가 녹아 흐르는데 아들은 오지 않는다. 아무에게도 미리 통보하지 않은 채 여행을 취소해 버린 것이다. 에밀리가 어머니의 심장 한복판으로 달려가 그 재난의 규모를 가늠하고 오빠에게 편지를 쓴다. "아무도 오빠 의자를 건드리지 않았어. 저녁식사 내내, 의자는 세상의 온갖 무너진 희망의 우울한 상징처럼 그대로 남아 있었지."

세상은 조약돌처럼 둥글고 차갑다. 한 차례 번개가 그 조약돌을 쪼개 그 안의 영혼을 해방시킨다. 에밀리는 지옥의 불길 한복판에 놓인 빈 의자 하나를 본다. 그리고 보이는 대상에 바싹 다가붙어 글을 쓴다.

그녀는 과자 만들 때 사용하는 초콜릿 포장지에 글을 쓰는가 하면, 우유의 크림을 걷어 내려고 서늘한 지하창고에 들어가서도 글을 쓴다. 그런 일을 수없이 반복하며 글의 초안을 늘려 가는 노력을 아끼지 않는다. 모든 게 종이 위로 옮겨져야 하며, 고아원과는 반대로 누구 하나도 버림받아서는 안 된다.

*

　그녀 스스로 견자見者가 되는 길을 택한 건 아니다. 이 재능은 은총이기에 앞서 십자가다. 그녀가 자신을 두고 부른 '갈보리의 여제女帝'는 부당하게 가로챈 호칭이 아니다. 스무 살 무렵이 되자 삶이 조금씩 감당하기 어려운 무언가가 되어 간다. 미지의 얼굴들 앞에서 갖는 두려움, 누구의 눈에도 띄지 않고 언덕을 배회하는 취미. 그녀가 작품을 읽고 사랑한 에밀리 브론테가 그녀에겐 비밀스러운 모범이다. 브론테 역시 자신의 개를 데리고 황야를 탐색했고, 가족이 먹을 빵을 구웠고, 성난 자신의 심장을 유령들의 먹이로 내주었으며, 아버지의 사제관에서 단 두 번 외출한 경험이 있지만 계시를 받은 사람처럼 서둘러 돌아왔다.

　호손은 아무도 마주치는 일 없는 — 심지어 식사 시간에조차 — 얼어붙은 저택에서 성장했다. 그의 책 『일곱 박공의 집』에서 늙은 판사는 사촌인 헵지바에게 자신이 죽을 때까지 곁에 있을 것을 강요한다. 때로 에밀리가 스스로를 햅지바에 견주는 걸로 미루어, 우린 에드워드에게서 재판관-간수의 역할을 발견하지 않을 수 없다. 하지만 그 누구도 평면적으로 판단할 수는 없는 법, 에밀리의 마음을 달래고 외출을 하도록 부추기기 위해 아버지는 그녀에게 뉴펀들랜드종 개를 사 준다. 에밀리는 개에게 카를로라는 이름을 주는데, 그녀가 좋아한 책들 가운데 하나인 『제인 에어』의 한 등장인물이 자신의 개에게 붙여 준 이름이기도 하다.

그녀는 '눈을 부릅뜬' 세상을 멀리해야 할 필요성을 점점 더 절감한다. 곧 그녀의 이동은 건너편 집까지로 제한된다. "오스틴과 수잔이 나의 군중이다." 영혼을 믿지 않는 오늘날의 의사들이라면 광장공포증이라는 말을 썼을 것이다. 특수한 의학용어는 병의 정체를 밝히기보다는 의사들을 안심시킨다. 광장공포증은 천국 밖으로 나오고 싶지 않은 이들의 몹쓸 병이다.

*

    수년에 걸쳐 에밀리는 정체를 알 수 없는 밤, 그 냉기를 혼자만 아는 어떤 밤을 통과한다. 1861년엔 큰 위기를 넘긴다. "9월부터 난 누구에게도 말할 수 없는 공포를 느낀다 — 그러면서 묘지 가까이에 있는 아이처럼 노래를 부른다 — 두려움 때문에." 그녀가 두 살 반이었을 때 처음으로 쫓아냈던 불안의 마귀들이 다시찾아와 그녀를 초주검이 되게 한다. 그녀는 그것들을피해 칩거에 들어간다.

    천재성이란 불가능한 삶에 대한 하나의 답변이다.사냥개 무리 위로 뛰어넘는 사슴의 도약. 그녀는 자신이 겪는 그것을 극단까지 몰아붙여 그 의미를 바꾸어놓는다. 본질적인 전투를 치르기 위해 그녀는 집으로돌아가 계단을 오르고 자신의 방 안으로 사라진다. 온전히 살아 있기 위하여. 성인聖人들의 작업이란 삶을닦아 내는 것, 그 꾸덕꾸덕한 불순물을 걷어 내고 보석을 채취하는 것이다. 에밀리는 자신의 방에서 잉크에 적신 작은 솔로 '삶' — 모든 이에게 주어진 보석 — 이라는 말을 세정한다. 그녀의 시들은 죽음에 맞서 그 밀물이 넘을 수 없는 미美의 높다란 장벽을 세운다.

관습에 대한 사람들의 치명적인 취향으로부터 그녀를 지켜 주는 이 '후퇴'야말로 그들을 보살피는 — 그들의 의사와는 상관없이 — 한 방법이다. "거리야말로 부드러움의 근간이다." 관조가 부재하는 삶은 무無에 불과할 터.

*

1864년 4월에서 11월, 1865년 4월에서 10월, 그녀는 시력을 잃을지도 모른다는 걱정을 안고 보스턴으로 가 치료를 받는다. 이 시기 내내 의사는 그녀에게 독서를 금한다. 그녀는 노크로스가의 사촌들 집에서 숙식을 하는데, 그들이 보여 주는 애정에도 불구하고 숲속 빈터 같은 자신의 방과 하늘 같은 자신의 책들을 그리워한다. 위험에서 완전히 벗어난 그녀는 다시 독서를 해도 좋다는 통보를 받고 당장 셰익스피어의 『안토니와 클레오파트라』를 집어 든다. "사냥꾼이 개들을 다시 불러 모으는 순간 피가 끓는 여우의 심정으로." 그리고 애머스트로 돌아오자 방문을 밀치고 창밖에 넘쳐 나는 하늘을 재회하며 그저 하나의 영혼으로 존재하는 본질적인 자유를 되찾는다. 정원 너머 세상으로 외출하는 일은 두 번 다시 없을 것이다.

방문객 앞에 더는 모습을 드러내지 않고 자신의 방

에 남아 그들과 이야기함으로써 그녀는 그들을 육신의 짐에서 해방시키고 그저 목소리로만 아는 천사들이 되게 한다. 늘 그렇듯 목소리야말로 그녀에게 세상의 상태를 알게 해 주었다. 목소리를 통해 — 요람 깊숙한 곳에서 관조의 공포에 사로잡혀 있는 갓난아이처럼 — 그녀는 매개자 없이 하늘 혹은 지옥을 접한다.

1882년 6월, 그녀가 편지를 주고받는 어릴 적 친구 에밀리 파울러 포드가 그녀를 만나러 온다. 그녀는 친구를 맞으러 아래층으로 내려오지 않는다. 서로 보이지 않는 상태로 두 사람은 긴 잡담을 나눈다. 한 사람은 위에서, 다른 한 사람은 밑에서, 이웃한 독방의 두 여죄수처럼, 저마다 구김살 없는 젊은 얼굴 그대로인 채로. 뒤이어 친구는 가고, 죽음의 로마 군대에 맞선 지칠 줄 모르는 싸움에 에밀리 혼자 남겨진다.

*

영혼이란 절대적인 것, 즉 상실에 맛을 들이는 것이다. 죽음의 높다란 담벼락에 세차게 부딪힌 빛의 공이 사고思考 속에서 튀어 오른다. 영혼은 새뮤얼 보울스가 피해 달아나는 그것이다. 에밀리보다 다섯 살 연상인 남자. 저널리스트인 그는 『스프링필드 리퍼블리컨』의 발행인이다. 그리스도를 닮은, 갈색의 길고 덥수룩한 머리털. 보글대는 검은 턱수염이 그의 뺨을 뒤덮고 있다. 진주모처럼 빛나는 두 눈이 얼굴 그늘진 부분에 자리하는 것이, 어두운 은신처 안으로 쏟아지는 햇빛을 받고 있는 렘브란트의 그림 속 철학자를 닮았다. 얼굴엔 두 눈밖에 보이지 않는다. 전갈이 본능의 날렵함으로 침을 쏘듯 그는 상대의 마음을 사로잡는다. 권좌에 오른 이들에게 어린아이처럼 매혹당하는 그는 자신의 신문에 그들의 퍼레이드를 세밀히 담는다. 그런 그가 에드워드의 정치 참여로 인해 디킨슨가에 — 그 불안과 내면성이 보울스 자신과는 너무도 거리가 먼 — 발을 들이게 된다. 양쪽 다 서로가 즉시 마음에 든다. 어떤 관계의 불가해성이야말로 하느님의 존재를 뚜렷이 입증해 준다. 사람들을 서로 맺어 주며 그 불똥과 충격을 헤아리면서 못내 즐거워하는 하느님.

새뮤얼 보울스는, 이 바깥 세계의 남자는 무얼 원히는 걸까? 그는 강렬한 삶을 원하는 현대인이다. 소위 말하는 '사건'보다 더 강렬한 건 없다고 그는 믿는다. 시끌벅적하고 속도감 있는 무엇, 절대로 놓쳐서는 안 되는 것. 하지만 사건이라는 건 대개 '무無'의 현현이며, 세상이라는 광활한 묘지 위를 달리는 도깨비불이다. 그렇다면 에밀리 디킨슨은, 이 내면의 여인은 무얼 원하는가? 그녀 또한 더없이 강렬한 삶을 원한다. 그러나 그녀는 느리고 조심스러우며 고요한 삶 쪽에서, 하루하루의 그늘진 사면에서 그걸 찾는다. 데이지꽃들이 이슬에 무거워진 머리를 흔드는 곳, 임종을 맞은 이가 최후의 공기 한 모금을 삼키려 하는 곳에서.

　새뮤얼 보울스 만큼이나 에밀리와 상이한 인물도 없을 터, 그녀에겐 행운인 셈이다. 사랑을 통해 삶의 반짝이는 고통을 확대해 나갈 예기치 못한 기회였으니까.

*

그 누구도 경시하지 않는 게 관조자들의 속성이다. 중심을 향해 다가서는 영혼은 그곳에서 자신을 둘러싼 비천한 무리를 다시 발견한다. 성인聖人의 왕국은 범인凡人의 왕국이다.

자신의 글쓰기에 온통 사로잡힌 순간에도 에밀러는 끊임없이 가족을 염려한다. 1870년 인구조사 때 그녀는 '무직無職'이라 표기되며 아이들과 동일한 항목으로 분류된다. 그 시기 그녀는 집에서 빵을 굽고, 정원일을 하고, 과일잼을 만든다. 오빠를 진정시키고, 아버지의 삶의 짐을 덜어 주며, 어둠의 심연에서 헤매는 어머니를 돌보고, 노크로스 자매들에게 꼬박꼬박 편지를 써 보내며 마음의 양분을 제공한다. 그리고 시를 쓰며, 어린아이 같은 우리의 영혼 주위를 분주히 오가는 보이지 않는 존재를 증명한다. 그렇다면 우리도 저마다 '무직'의 딱지를 소원해 볼 수 있겠다.

*

　자신의 방, 걸어 잠근 문 안에서 에밀리는 글을 쓴
다. 랭보의 맑고 투명한 산문만이 필적할 단속적인 우
아함을 지닌 문장들. 천상의 재단사처럼 그녀는 자신
의 시를 스무 개의 꾸러미로 분류한 뒤 꿰매어 노트로
만들어 서랍 속에 묻는다. "소멸이 최선이다." 그녀가
흰옷을 입는 같은 시기, 랭보는 젊음의 성난 무심을 과
시하며 환상적인 자신의 책을 어느 인쇄업자의 지하
창고에 던져 넣고는 얼빠진 동방으로 달아난다. 아라
비아의 내리치는 햇빛 아래서, 애머스트의 아무도 들
어올 수 없는 방 안에서, 미美의 연인인 두 고행자가 스
스로를 망각 속에 묻기 위해 일한다.

　새뮤얼 보울스는 자신이 운영하는 신문이라는 광
장에 여성 작가들의 글을 기꺼이 싣지만 에밀리의 시
는 몇 편밖에 싣지 않는다. 그녀는 가장 왕성한 작업의
시기를 보내고 있었지만 말이다. 에밀리는 자신의 시

에서 종종 소년으로 등장한다. 옥수수 재배에 대한 그녀의 지식에 놀라는 보울스에게 그녀는 대답한다. "그건 에밀리가 소년 시절에 배운 거예요!" 그리고 자신을 『안토니와 클레오파트라』의 안토니에 비교한다. 셰익스피어의 말대로라면, '오직 눈으로만 탐식할 수 있었던 것을 심장으로 지불한' 사람. 1861년 신문에 실린 한 편의 시에서, 이번에 그녀는 스스로를 꿀벌로 그린다. '대기에 취해' '연푸른색 주막들'을 지그재그로 오가는 '태양을 등진 작은 술꾼.' 그녀 앞에선 천사들이 '새하얀 모자'를 흔들어 대고, 성인들이 그녀를 찬미하기 위해 창가로 달려온다. 그처럼 희열에 넘쳐 바깥 정경을 이야기하려면 세상이 처음 생겨났을 때부터 은자隱者여야 한다. 이 시는 관습에 좀 더 부합하는 리듬을 얻기 위해 두 행에 수정이 가해진 채 지은이의 이름 없이 발표된다. 에밀리는 새뮤얼이 벌떼 같은 자신의 시들에 벌통을 제공할 발행인이라는 생각을 할 수 없게 된다.

그녀는 계속 글을 쓴다. 하느님이 선을 베푸시듯, 조용하고도 은밀한 방식으로.

*

    자신의 구원자를 우리 스스로 선택하지는 않는 법. 1877년, 보울스가 디킨슨가를 방문한다. 그는 에밀리를 만나고 싶어 하지만 그녀는 자신의 방에서 나오려 하지 않는다. 새뮤얼이 층계 밑에서 고함을 지른다. "에밀리, 꼬맹이 마녀! 말도 안 되는 행동은 집어치워요. 당신을 만나러 스프링필드에서 여기까지 그 먼 길을 달려왔어요. 당장 내려와요!" 그러자 기적이 일어난다. 햇빛에 놀란 라자로가 나온다. 에밀리가 계단을 내려와 응접실로 온다. 그렇게나 쾌활하고 천진난만하고 생기찬 모습을 보이기는 처음이었다. 며칠 뒤 그녀는 보울스에게 심금을 울리는 편지 한 통을 보낸다. 동봉한 한 편의 시에서, '당신에 대한 사랑에서 비롯된 게 아니라면' 삶도 죽음도, 어떤 관계나 이루어야 할 행위도 없음을 단언한다. 때로 누군가가 돌연 나타나, 우리가 자기 자신이라 여기게 된 모종의 역할로부터 우리를 구해준다. 그런 부활에는 두 가지가 요구된다. 용기와 사랑.

용기는 여하한 나뭇결에도 당황하지 않는 불과 같다. 사랑은 지칠 줄 모르고 유지되는 온정이다. 그런데 새뮤얼 보울스가 지녔던 건 단지 용기뿐, 부활은 어느 오후 한나절만 지속된다.

가상의 연인 새뮤얼 보울스는 헌신적인 발행인의 면모 이상을 보여 주지 못한다. 탐욕스럽고 끔찍이도 산만한 그는 거의 무덤덤한 태도로 에밀리의 편지들을 읽는다. 얼음처럼 뜨거운 수많은 문장들은 어떤 깊은 소망을 이야기하고 있었지만 말이다. 그가 유럽으로 떠나 새로운 얼굴들에 탐닉할 때 에밀리는 이렇게 쓴다. "단언컨대 보울스 선생님, 자신의 영혼과 자신 사이에 대양이 가로놓여 있음은 — 아무리 푸른 대양일지언정 — 고통입니다." 그가 돌아왔을 때 그녀는 만남을 거부하지만 그래도 관계는 다시 이어진다. 더 이상 털실 같은 감정의 관계는 아니다. 타고난 고독을 확신하는 영혼의 철사 줄이다.

　　손에 잡히지 않는 남자여서, 에밀리는 그의 아내 메리를 매개자로 삼는다. 새뮤얼이 유럽에 체류할 때면 언제나 스스로를 제2의 배우자로 자처한다. "우리가 사랑하는 대상을 보지 못한다는 건 끔찍한 일이에요. 그런 얘길 해 봐야 소용없는 짓이고, 사랑하는 대상을 보는 것 말고는 그 무엇도 해결책이 될 수 없어요. 우리가 선택한 그 눈과 머리털, 우리한텐 그게 전부가 아닐까요, 메리? 그리스도가 우리를 단단히 붙잡고 있을 때 그의 사랑은 어떤 것일지 나는 종종 묻곤 한답니다." 에밀리는 샬럿 브론테의 생각을 자주 인용한다. "삶은 그런 것이어서, 우리에게 닥치는 건 언제나 우리의 기대와는 상이하다." 그녀가 혼신을 다해 열정을 바치는 그 남자는 그걸 원치 않는다는 것, 그의 상냥한 무관심은 암흑의 시각에 천사가 짓는 수수께끼 같은 미소를 닮았다는 것. 그걸 이해하는 순간 그녀에게 평정이 찾아든다.

1878년 1월, '우리가 선택한' 두 눈이 흐릿해지며 생기를 잃는다. 그것들은 감탄의 시선으로 바라보는 젊은 여자들의 얼굴과 붉게 달아오른 유명 인사들의 얼굴을 더는 담지 못한 채 꺼지고 만다. 새뮤얼 보울스는 영혼을 — 그 자신은 거의 믿지 않았던 — 하느님께 돌려드린다. 한 꼬맹이 마녀가 자신의 방 망루에서 그 무위無爲의 아름다움을 간파했던 영혼.

*

에밀리는 말을 채찍처럼 휘둘러 상대의 코끝에 앉은 파리를 죽일 수도 있다. 윌라즈 호텔, 저녁 식사를 하기 위해 앉아 있는 레스토랑에서 그녀는 옆 테이블에 앉은 한 판사 앞에 푸딩이 놓이는 것을 지켜본다. 흰 장갑을 낀 종업원이 상대에 대한 멸시와 아첨 — 이런 근사한 장소들의 특징인 — 이 고스란히 뒤섞인 얼굴을 하고서 푸딩 위로 몸을 숙이며 럼주를 한 스푼 끼얹은 뒤 성냥을 긋는다. 불이 붙는 모습을 보며 판사는 좋아 어쩔 줄 모른다. 그가 터뜨리는 유치한 탄성에 에밀리는 한마디 말로 찬물을 끼얹는다. "아, 선생님, 그러니까 여기선 지옥의 불을 먹고도 무사할 수 있군요!" 무슨 뜻인지 상대는 이해하지 못한다. 1855년의 그 2월, 의회 일을 하던 아버지가 두 딸을 초대한 워싱턴에서 에밀리는 세상이 어떤 곳인지 보았다는 걸 그 남자가 알 리 없다. 세상은 영혼의 도살장이라는 것. 그녀는 한눈에 그 사실을 알 수 있었다. 마음속 불안이 그걸 증명

해 주었으니까.

　　며칠 뒤 자매는 그곳을 떠나 애머스트의 자기들 집
으로 돌아온다. 필라델피아로 우회해 돌아오던 중 두
사람은 어느 교회에 들어간다. 그러자 보석 같은 별들
이 박힌 하늘이 에밀리의 머리 위로 쏟아져 내린다. 찰
스 워즈워스의 설교를 들으며 그녀는 자신과 동류인
정신을 알아본다. 하느님은 우리가 무수한 계획들로
모래성을 쌓는 걸 지켜보다 예기치 못한 순간 당신의
주먹을 내리쳐 한꺼번에 무너져 내리게 한다. 마침내
무슨 일이 일어나는 것이다.

*

성서는 신문 보도보다 훨씬 본질적인 보도들을 퍼뜨린다. 읽는 이와 곧바로 관련된 보도인 것이다. 읽는 이의 영혼은 활기찬 명상에 의해 스스로에게서 이탈해 비가시적 세계의 밀밭을 통과해 걷는다. 그러다 천상의 잡다한 보도들에서, 다가오는 지복至福을 발견한다.

에밀리는 성직자들이 성서를 처벌의 용도로 사용하는 걸 비웃는다. 오스틴 앞에서 음침하고 사나운 모습을 보이게 된 스물한 살의 병약한 조카 네드에게 그녀는 성서를 보낸다. 그 당시 사람들이 환자들의 쾌유를 위해 행하던 관행이기도 했다. 그녀는 그 속장에다 한 편의 시를 쓴다. 죄는 '우아한 파멸'이며, 오르페우스의 노래가 우리를 사로잡는다면 사제들의 노래는 우리를 '질리게 하고', 성서는 '따분한 인간들'에 의해 쓰였다는 것. 워즈워스 목사를 매혹할 만한 그런 시. 그가 설교하는 방식은 생생하고 역설적이며, 불안한 환상으로 가득하다. 그의 설교는 청중을 미소 짓게 하다가는 단박에 그 미소가 사라지게 만든다. 그런가 하면 저음의 목소리로, 사납고 비열한 인간들에 의해 세월의 문에 올빼미처럼 못 박힌 하느님을 불러들이기도 한다.

정복자들의 사랑은 미심쩍은 사랑이다. 워즈워스가 냉정한 교조를 경멸하듯이, 에밀리는 바닥에 쓰러진 하느님을 사랑한다. "성부에 대해 말하는 예수를 우리는 불신하지만, 그가 깊은 슬픔을 우리에게 털어놓을 때 우리는 그의 말에 귀 기울인다. 우리 역시 그 슬픔을 알고 있기 때문이다."

*

생각을 지어내는 장인의 손은 워즈워스의 얼굴에
매끄러운 윤기를 부여하는 한편 이마가 벗어지게 하
며, 납작한 코 위엔 작은 타원형 철테 안경을 올려 두어
눈앞의 암흑을 차분히 응시할 수 있도록 한다. 기혼인
그는 에밀리보다 열여섯 살 연상이다.『뉴욕 이브닝 포
스트』의 한 기자가 '새로운 명사名士'로 묘사한 이 남자
는 에밀리만큼이나 비사교적이다. 그는 강론을 한 뒤
에 교구 신자들이 보내오는 맹목적인 찬사에 등을 돌
린다. 동료들의 환심을 사려고도 않고, 매일 아침 읽고
쓰는 일에 몰두한다. 그는 에밀리와 서신을 나누며 두
차례에 걸쳐, 즉 1860년 3월과 1880년 8월에 애머스트에
있는 그녀를 방문한다. 그녀에게 자신의 삶은 '어두운
비밀들로 가득하다'고 털어놓지만 그 어떤 비밀도 열
어 보이지는 않는다. 에밀리는 '석양의 희미한 빛을 발
하는 보석'과도 같은 그의 영혼에 반해 '그를 아는 건
생명 자체'라 말하지만, 그녀가 무엇보다 좋아한 건 그

의 짓궂은 장난기였다. '장난기 없이 천국에 들어갈 순 없을진대', 이 두 사람이야말로 한 차례 이상 그곳에 불법침입을 감행한다.

찰스와 에밀리. 긴 의자에 함께 앉아 별이 총총한 하늘 흑판에 쓰인 동일한 텍스트를 해독하는 두 아이. 악마에 대해 이야기하는 그들의 어조에는 똑같이 상냥한 너그러움이 배어 있다. "정당한 개신교도가 된 사탄은 효율적인 윤리 교사를 자처할 것이다."라고 한 사람은 설교를 통해 이야기한다. 그런가 하면 다른 한 명의 시에 나오는 악마는 무소불능한 존재여서, 그가 충절을 지킬 줄만 안다면 더없이 좋은 친구가 될 수도 있을 터. 그들은 또한 광물학에서 빛을 발하는 어휘들을 빌려 오기도 한다. 워즈워스가 보기에, 결정화되지 않은 다이아몬드는 그저 한 조각 탄소에 불과하듯, 각 면이 영원한 빛을 기리는 보석처럼 영혼이 생각으로 다듬어지지 않은 인간은 무에 불과하다. 에밀리 역시 정신이 다이아몬드로 화하는 행복한 변신을 언급한다. 그리고 애독서인 「요한묵시록」 21장 ─ 천상의 도둑이 짊어진 자루처럼 자수정과 황옥과 사파이어로 묵직한 ─ 을 '보석의 장'이라 부르며 자주 묵상한다.

찰스와 에밀리, 이 두 사금 채취자는 조약돌 같은 말들을 종이 여과기에 넣고 흔들어 댄다. 우리를 미혹에 빠트리지 않는 빛나는 말, 그 순도 높은 진실을 발견할 때까지.

*

　1882년 워즈워스는 죽음을 맞으며 그의 영혼은 다이아몬드 상인인 하느님의 작은 저울 위로 떨어진다. 우리와 동일한 세계를 보는 누군가를 아는 것보다 더 큰 기쁨은 없다. 우리가 미치광이가 아니었음을 알게 된다고나 할까. "우리가 사실은 전혀 모르는 주제들, 그것들을 두고 우리 두 사람은 한 시간에 백 번은 믿고 의심한다. 그러고 나면 우리의 믿음은 온전한 유연성을 띠게 된다." 우리의 이해를 끝없이 빠져나가는 것을 두고 끝없이 이야기한다는 건 엄청난 기쁨이어서, 그 기쁨에 비하면 나머지는 모두 무에 불과하다. 누군가와의 만남, 진정한 만남 — 평생 죽지 않고 살 것처럼 그저 수다를 떠는 게 아니라 — 은 몹시 희귀한 사건이다. 사랑의 변치 않는 실체는, 함께 나누는 삶의 통찰력이다. 워즈워스를 잃고 에밀리는 하늘의 절반을 잃는다. 그의 죽음을 알게 된 그녀는 친구들에게 털어놓는다. "그는 나의 목자였다."라고.

*

사진사들은 죽음이 부리는 하인들이다. 한 사진사
가 같은 날 서로 아무 관계가 없는 두 젊은 여자의 인
물사진을 찍는다. 에밀리 디킨슨과 마거릿 오렐리아
듀잉. 마거릿은 스무 살이고, 에밀리는 열일곱이다. 마
거릿은 미소를 짓고, 에밀리는 미소 짓지 않는다. 미소
를 짓는 순간 마거릿은 자신의 신비를 잃는다. 사진사
의 기계적 의지에 대한 복종에 불과한 그녀의 미소는
우리에게 닿기도 전에 무로 녹아든다. 세상 무엇에도
굴복하지 않는 에밀리는 하느님을 보존하여 사라지지
않게 한다.

사진사는 각자에게 몇 분 동안, 즉 은판에 상像이
고정되는 동안 움직이지 않도록 요구한다. 하지만 영
혼은 제자리에 가만히 있지 못하는 어린아이다. 에밀
리의 영혼을 훔쳐보고 싶다면, 수풀 속 한 마리 참새
처럼 날갯짓하는 그녀의 편지를 읽어 보는 게 좋겠다.

1862년 7월 자, 히긴슨에게 쓴 편지. "믿으시겠어요? 제겐 사진이 없다는 걸요. 하지만 말씀드릴 수 있어요. 저는 굴뚝새처럼 작고, 머리털은 밤송이처럼 윤이 나죠. 두 눈은 초대객이 남기고 간 잔 밑의 셰리주 같고요. 이 정도면 될까요? 이런 일이 제 아버지에겐 경각심을 불러일으킨답니다. 죽음은 언제라도 닥칠 수 있건만, 가족 모두의 사진이 있는데 제 것은 없다나요. 하지만 살아 있는 이들은 얼마나 빨리 이 모두를 소진시키는 걸까요. 단 며칠 만에 그럴 수도 있다는 걸 저는 알아 버렸어요. 그래서 이런 치욕을 겪지 않도록 대비한답니다."

눈에 보이는 것들의 폭력이 우리를 장님으로 만든다. 말의 광채가 세상의 밤을 비춘다.

*

웃음과 살인 사이는 절대 먼 거리가 아니다. 1876년 12월, 히긴슨은 자신들의 결혼을 또 한 번 자축하는 웨어링 부부의 저녁 파티에 참석한다. 농담을 좋아하는 울시 부부는 초대객 각자에게 맞춘 텍스트를 써 오며, 히긴슨에겐 에밀리의 편지라며 가짜 편지를 건넨다. '반쯤 머리가 돈' 이 여성에 대해 히긴슨이 오래전부터 그들에게 언급해 온 터였다. 회중은 눈물이 나도록 웃는다. 몇 개월 뒤, 반쯤 머리가 돈 이 시인은 중병을 앓는 히긴슨 부인을 위로하며 재스민꽃을 보낸다. "꽃이 그곳에 도착했을 땐 이미 죽었을지도 모릅니다. 하지만 제 손을 떠나는 이 순간엔 살아 있었음을 알아주세요." 에밀리는 이 꽃을 받게 될 여자의 사정을 모른다. 남편이 어느 미친 여자의 마음을 사로잡고 있음을 공공연히 한탄한 여자였다는 것을.

섬세한 감정의 소유자는 늘 패하기 마련이다. 하느

님은 그런 그들을 총애해서, 침으로 얼룩진 그 얼굴을
닦아 주신다.

*

　에밀리가 죽은 뒤 사람들은 그녀의 서랍을 연다. 오
스틴은 그 안에서 새어 나오는 빛줄기를 사람들에게
보이고 싶어 한다. 그렇긴 해도 그가 군데군데 베일을
드리우는 건, 내밀한 가정사를 만인 앞에 드러내지 않
으려는 조심성 때문이다. 누구에게든 기꺼이 도움을
베풀고 싶어 하는 후한 디킨슨가 사람인 오스틴은 메
이블 토드와 그녀의 남편 데이비드에게 그들의 집을
짓도록 에버그린에 인접한 작은 땅을 내주었다. 그 집
에서 그는 정부인 메이블 토드와 밤을 보내곤 한다. 관
측소에서 야간작업을 마치고 새벽에 귀가하는 데이비
드는 노래를 흥얼거리며 오스틴에게 돌아가라는 신호
를 보낸다. 어린 밀리센트 토드는 아침마다 잠을 깨우
는 이 불길한 노래의 의미를 수년이 지나서야 이해하
게 된다.

　열세 개 방이 딸린 이 저택에서 에밀리의 시들이

처음 세상으로 나온다. 비니가 당당한 걸음으로 며칠을 연달아 풀밭을 가로지른다. 장작을 담는 커다란 바구니에 뒤죽박죽 담긴 텍스트들을 그녀는 토드 부부의 응접실 벽난로 앞에 쏟아 놓는다. 메이블이 무릎을 꿇고 앉아 그것들을 하나하나 해독하며 분류한다. 수잔에게 바쳐진 시들 — 큰 부상을 입거나 흉악한 범죄를 저지른 자들처럼 운반이나 송치가 불가능한 — 은 에밀리의 집에 남겨진다. 그것들은 원래 있던 자리에서 메이블이 직접 옮겨 적는다.

"이탈리아처럼 감미로운 대기건만, 마음을 건드리는 그것에 내가 한숨 쉬며 퇴짜를 놓고 마는 건 그게 당신이 아니기 때문이에요." 에밀리가 로드 판사에게 쓴 이 문장과 몇몇 다른 문장들은 오스틴의 가위질을 면한다. 이 글의 수신자는 이제 뼈와 메마른 먼지로 화해 지하 묘소에 있지만, 글은 정복해야 할 영혼을 찾아

헤매며 독자의 얼굴 앞에서 두근댄다. 독자는 거기서 '파산', '범죄', '결백의 왕국'과 관련된 어떤 사랑을 발견한다.

오티스 필립 로드는 디킨슨가의 넓은 정원을 환히 밝히는 파티에 간혹 참석한다. 그는 에밀리보다 열여덟 살 연상이다. 에드워드의 친구인 그는 결혼은 했지만 아이가 없는, 나무랄 데 없는 덕성을 지닌 인물이다. 매사추세츠 최고 법원 판사로서 적들의 논리에 한 치도 물러섬 없는, 논쟁과 아이러니에 뛰어난 웅변가이다. 강철 같은 원칙을 고수하며 불같은 판결을 내리는 그는, 성서에 입을 맞추고 선서하기를 망설이는 증인을 주저 없이 감옥으로 보낸다. 요한묵시록의 이 청렴한 기사를 향한 에밀리의 사랑은 에드워드가 죽음을 맞는 순간 싹튼다. 아버지와 친밀한 사이였던 판사가 그즈음 에밀리에게는 마치 영원의 세례를 받은, 저세상의 후광을 두른 사람으로 보인다. 이제 그는 에밀리에게 '광적인 숭배심'을 불러일으킨다. 하느님의 율법을 수호하는 이 남자는 놀라운 재난이 닥치고 있음을 감지하며 허술하기 그지없는 제방을 쌓는다. "로드 판사가 이번 주에 우리와 함께했다. 우린 숭배의 대상인 기쁨을 조급히 낚아챔으로써 모독한다고 그가 말했다. 바라건대, 이 말이 사실이 아니기를."

1877년, 판사의 아내가 죽음으로써 ― 에드워드의 사망과 불수가 된 어머니의 뒤를 이어 ― 청교도적 엄격주의의 방파제가 무너져 내린다. 에밀리는 늦게야 육신을 취한 자신의 영혼을 깜짝 놀라 지켜본다. 아버지의 형상과 연인의 형상이 겹쳐 들뜬 평화를 선사한다. "마음에 환희가 차올라 더 이상 평상심을 되찾을 수 없네요. 당신 생각을 하노라면 개울물이 바다로 변합니다." 열정적으로 자아를 성찰하며 태양처럼 빛나는 유머를 지닌 판사는, 손에 잡히지 않는 영혼을 직관적으로 포착하는 능력을 지닌 셰익스피어를 그 누구보다 높이 평가한다. 에밀리의 영혼이 그의 양손 사이에서 고동친다. 그녀는 오랫동안 스스로를 『데이비드 코퍼필드』에 나오는 줄리아 밀스 — 타인에 대한 사랑으로 스스로를 지워버리는 — 와 동일시해 왔지만, 더는 그럴 수 없게 된다. 이젠 사랑에 빠진 젊은 여자들의 흥분된 우아함을 지니며, 마찬가지로 감정의 미미한 기념물들에도 극단적인 신앙을 바친다. "나는 팔을 씻지 않을래요 — 당신에게서 솔을 건네받은 팔 — 아몬드 같은 그 갈색 팔을 말이죠 — 당신의 손길이 지워질지 모르니까요." 수잔은 자신으로 말미암지 않은 이 기쁨에 격노한다. 그녀는 메이블에게 이렇게 말한다. "옆집에 가지 말아요. 부도덕한 집이니까. 에밀리가 어떤 남자 품에 안겨 있는 걸 봤거든요." 흰옷을 입은 여인의 뺨이 붉게 물들고, 우리를 현명하게 만든다는 관습에 등을 돌리는 순간 삶은 알록달록한 색채를 띤다.

"오늘 밤 나는 당신 손에 내 뺨을 닳도록 비벼대고 싶습니다." 에밀리의 말 한마디 한마디가 종이 위에서 북처럼 울려 댄다. 토끼를 잡으려고 누가 토끼장 철책을 여는 순간, 마른 풀들의 마비 상태에서 깨어난 토끼의 심장이 두근대는 소리라고나 할까. 사랑의 말들은 좌절의 말들이다. 홀아비가 된 지식인 판사의 까칠한 얼굴에서 한 가닥 빛을 알아본 소녀가 자신의 어둠 속에서 터뜨리는 외침.

*

　디킨슨가의 잡일을 도맡아 하는, 수염을 기른 덩치 큰 수리공 톰 켈리에게로 에밀리는 달려간다. 그의 푸른 벨벳 웃옷에 얼굴을 묻고 자신의 심장이 '거기서, 더 없이 따뜻한 그 자리에서 터지도록' 내버려 둔다. 1882년 5월 그날, 그녀는 로드 판사가 몹시 아프다는 사실을 알게 된 참이다. 그러나 같은 해 11월에는 결혼과 관련해 농담처럼 암시하기도 한다. 그녀가 조금 살이 씨자 판사는 그녀를 '점보'라 부르며 짓궂게 놀린다. "에밀리 점보!" 그녀는 탄성을 올린다. "무척이나 감미로운 이름이에요. 하지만 난 그보다 더 감미로운 이름 하나를 알고 있죠. 에밀리 점보 로드. 제 말에 동의하세요?" 판사는 긍정적인 답변을 보내오지만 그의 가족은 이를 간다. 양쪽 모두, 누구 한 사람 더는 그 일에 대해 언급하지 않는다. 결혼은 성사되지 않을 터였다.

　어린 밀리센트는 어머니인 메이블 토드의 손을

볼 때마다 '비참해지는' 느낌이었다고 말한다. 어머니의 왼손엔 다이아몬드가 박힌 결혼반지와 다른 값비싼 반지들이 끼워져 있었다. 그런데 메이블이 오스틴과 불륜 관계를 맺고부터는 결혼반지를 제외한 나머지 반지들은 모두 오른손으로 옮아간다. 비밀 결혼을 자축하려는 듯, 혹은 그 결혼반지를 다른 반지들로부터 구분하려는 듯. '깨끗이 닦은' 반지에 초자연적인 처녀성을 부여해 금지된 결합의 적절한 상징이 되게 하려는 듯. 오스틴과 수잔의 딸이자 에밀리의 조카딸인 마사 디킨슨은 일찍이 고모가 소유했던 반지 하나를 오랫동안 간직했는데, 그 안쪽엔 로드 판사의 이름이 Philip이라는 약칭으로 새겨져 있었다. 부정한 여인의 손가락에도, 은둔자인 여인의 손가락에도 남아 있던 표징. 세상이 인정하지 않았어도 하늘조차 깰 수 없었을 혼인의 표징.

*

    1883년 10월 5일, 수잔과 오스틴의 막내 아이가 장티
푸스로 죽자 그들의 집은 그 진정한 토대인 보이지 않
는 세계 속으로 침잠한다. 오스틴은 이제까지 지녀온
왕성한 삶의 욕구에 염증을 느끼고 피폐해진 정신 상
태로 반쯤 실성한 사람처럼 헤맨다. 야수처럼 단단한
턱 안에 문 고기 조각을 어느 누구도 위험을 무릅쓰지
않고는 낚아챌 수 없었건만, 이제 대리석처럼 차가운
죽음의 주먹질을 받은 그는 그 상상의 먹이를 내놓지
않을 수 없다.

    에밀리와 죽어 가던 그 아이 사이에는 공모보다 더
한 무언가가 있었다. 길버트는 에밀리의 분신이다. 두
사람 다, 고통에 대한 예리한 감각을 지녔다. 친구 한
명이 애머스트를 떠나자 친구의 사진을 보기가 괴로
워진 아이는 고통의 짐을 덜려고 사진을 벽 쪽으로 돌
려놔 달라고 했다. 일련의 상실에 불과한 이 삶은 고모

144

와 조카를 동시에 떨게 만든다. 두 사람이야말로, 그 무엇에도 길들여지지 않게끔 붙잡아 주는 가혹한 은총의 수혜자였으니까.

생전에 찍은 사진 속 어린 길버트는 가슴 아프도록 영리한 모습이다. 여자아이 같은 기다란 금발. 거주자가 떠난 빈집들에서 보곤 하는 유사한 덮개를 씌운 안락의자에 아이는 앉아 있다. 양손이 살짝 경직되어 있다. 우리의 손은 이 땅에서 아무것도 붙잡을 수 없다. 우리가 가진 재산은 미래에 닥칠 죽음의 잔여물이다. 집착해야 할 거라곤 오직 영혼뿐. 어린 길버트의 영혼은 여덟 살 아이에서 멈춘다.

*

　"문 열어요, 문을 열어 줘요. 그들이 날 기다려요!"
고모의 시에서 빌려 온 듯한 말로 아이는 헛소리를 한
다. 루이 14세가 행차하는 순간엔 종들이 궁정 신하들
의 수다를 멎게 하려고 왕의 이름을 큰 소리로 외쳤다
는데, 임종의 순간 아이는 그보다 더 극진한 호위를 받
는다. 공기의 제복을 입은 천사가 보이지 않는 세계에
서 아이의 선함을 외치며 천국의 모든 문을, 황금 방에
이르기까지, 하나씩 차례로 아이에게 열어 준다. 영혼
이 비워진 몸은 헝겊 인형에 불과하다. 무용해도 위안
을 주는 장례 절차가 시작된다. 소독제 냄새에 속이 뒤
집힌 에밀리는 새벽 세 시에 자신의 거처로 돌아와 구
토를 한다. 상가에서의 밤샘을 그만두고 끔찍한 두통
에 시달리며 침대에 남는다.

　장례를 마치고 두 주 후에 지방 신문『애머스트 레
코드』엔 자전거를 타고 마을을 가로지르며 행인 한 사

람 한 사람에게 다가가 진지하게 말을 거는 어린 성인
聖人의 모습이 묘사된다. 그 애를 마주친 어른들은 본
능적으로 '최상의 자아'가 되었다고. 집 밖으로 나가는
일이 좀체 없는 영혼, 휴일 나들이 영혼이 바람을 쐴 수
있었다고.

어떤 은밀한 위반을 저지르지 않는 성인聖人은 있
을 수 없다. 아이는 고모의 정원에서 장미꽃을 훔치곤
했었다. 어느 날 꽃밭에서 그의 발자국을 발견한 에밀
리는 하느님에게서 유머를, 아버지에게서 법률가의 행
동 양식을 빌려 온다. 그녀는 몰래 아이의 장화를 가져
다 윤을 내고 은쟁반 위에 올려 싱싱한 꽃들로 채운 뒤
옆집에 사는 장미 도둑에게 자신의 방문 카드와 함께
전달되도록 한다.

어린 길버트는 죽어 가며 에밀리의 영혼에 매달렸

다. 그대로 넘어지진 않으려고 식탁보를 움켜쥐듯. 식탁 위 물건들이 쓰러지고, 에밀리의 기쁨도 일제히 스러졌다.

"우리는 저마다 몸 안에 천국을 들이거나 몰아낸다. 저마다 삶의 재능을 지니고 있기 때문이다." 그런데 재능이란 용기에 불과하다. 이제 모든 게 점점 더 깊어 가는 침묵을 뚫고 나온다. 어머니를 두고 에밀리는 말한다. 임종을 맞은 어머니는 눈송이처럼 '내 손가락 사이로 빠져나가' '무한이라 불리는 광풍'의 일부가 되었고. 이 광풍은 에밀리가 아직 살아 있는 동안 그녀의 방으로 들어온다. 그녀의 글은 점점 더 여백이 많아지며 줄표로 대체된다. 흰 공백이 단어와 단어 사이, 글자와 글자 사이를 갈라놓는다. 어린 길버트가 죽고 몇 개월 뒤 닥친 로드 판사의 죽음으로 이 공백은 완벽해진다. 하느님은 그녀에게서 사랑하는 이들을 빼앗아 감으로

써 영혼에 독소를 주입하는데, 그녀는 그걸 제거할 줄 모르며 제거하고 싶지도 않다. 우울증이 닥치며, 신장에 병이 생긴다. 흰옷을 입은 여인은 칠흑 같은 어둠을 마주한 채 앉아 있다. "스스로가 불빛이 되어."라고, 수잔은 말한다. 그녀는 자신의 몸에서 천국을 몰아낸다.

*

　에밀리의 삶은 눈에 띌 만큼 우리의 시야를 벗어난다. 모든 구경거리는 스스로 권태를 몰아낸다고 믿지만 실은 그 권태 속에서 죽어 간다. 싫증이 나지 않는 유일한 광경은 어떤 마음의 풍경이다. 너무도 순결해 한 마리 꿀벌이 총알처럼 가로지르는, 세상 무엇도 침투할 수 없는 마음.

　에밀리가 쓴 수백 통의 편지 가운데, 영원한 동반자인 노크로스가의 사촌들이 그 마지막 편지를 받는다. 임종의 고통을 겪는 영혼으로부터 두 마디 단어가, 벚나무 발치의 새하얀 꽃들처럼 떨어져 내린다. "Called back" — 도로 불리어 감.

　수잔이 작성해 지역 신문에 올린 부고엔 정원 일과 관련된 에밀리의 재능이 부각된 반면, 그녀의 글쓰기 재능에 대해선 거의 언급되지 않는다. 그 글을 읽은 애머스트의 한 독자는 자신이 살아 있음을 재차 확인한다. 이어 그는 동백꽃과 재스민으로 하늘을 감동시켰던 여자에 대한 기억을 잠시 떠올린 뒤 다른 기사로 넘어간다. 그렇게 신문의 페이지를 넘기면서 이제 막 자신이 그 범상凡常의 성녀를 매장했다는 사실을 모르는 채로.

에밀리 – 시적인 힘은 일상에 존재함을 가르쳐 주었던 성녀聖女

이창실

『흰옷을 입은 여인』은 프랑스 작가 크리스티앙 보뱅(1951-2022)*이 19세기를 살았던 미국 시인 에밀리 디킨슨(1830-1886)에게 바치는 애정과 경의요, 한 편의 시적 전기물이다. 보뱅의 가볍고 치밀한 펜 끝에서 미국의 한 위대한 여성 시인의 놀라운 삶과 예술이 그려진다. 55년의 짧은 삶을 사는 동안 사반세기도 넘게 애머스트의 자기 집에 은둔하며 숨을 쉬듯 글을 썼던 여인, 자신이 쓴 1,800여 편에 달하는 시 가운데 단 몇 편을 제외하곤 모두 탁자 서랍 속에 묻어 둔 채 무명으로 삶을 마감한 여인이다.

그러나 일반적인 전기 문학과는 전혀 닮지 않은 이

---

* 크리스티앙 보뱅은 2022년 11월 24일, 그의 고향 크뢰조에서 71세를 일기로 생을 마감했다.

글에선 보뱅과 디킨슨, 두 사람의 말과 생각이 뒤섞여 전해진다. 독자는 보뱅의 글을 통해 에밀리 디킨슨의 우주 속으로 초대됨과 동시에, 같은 세계를 향해 조율된 두 영혼의 만남에 참여하게 된다. 보뱅은 그녀와 관련된 철저한 자료 수집과 연구를 통해 글을 완성하지만, 그럼에도 이 책은 보뱅이라는 시인의 정신세계 속에서 직관적으로 파악된 디킨슨의 세계라 할 수 있다. 즉 실제 사건과 그녀의 글에서 수집되고 재현된 에밀리는 또한 보뱅의 언어로 다시 태어난 에밀리이기도 하다. 독립적인 짧은 단락들을 통해 그녀의 삶의 일화 하나하나가 보뱅의 손끝에서 의미를 부여받고 더없이 아름다운 장면들로 재탄생한다.

세상의 소음과 영예를 병적으로 회피하며 글쓰기 안에 은둔했던 여인, 무수한 상喪을 겪으며 죽음에 사로잡혀 있으면서도 비밀스러운 영감에 차 있었던 여인. 자신의 집 울타리를 삶의 경계로 삼아, 정원을 가꾸고 가족의 빵을 굽고 심신이 쇠약해 가는 어머니를 돌보고 수많은 편지를 쓰면서 하루하루의 삶 자체가 시가 되게 했던 여인. 발표할 생각도 없는 글들을 오로지 자신만을 위해 썼고, 그것들을 통해 보이지 않는 존재인 '영원'을 우리에게 가리켜 보인 여인.

　책은 에밀리의 임종의 순간에서 시작되는데, 마지막 페이지에서 우리가 다시 마주하는 것 역시 신문 부고에 실리는 그녀의 죽음이다. 그사이 이야기는 연대순의 전개에서 벗어나 이리저리 방황한다. 보뱅은 시간의 논리를 모르는 내면의 감정과 기억의 흐름 속에서, 자신의 쌍둥이 영혼이라 믿는 여인의 초상을 그려 나간다. 우리 귀에 속삭이듯, 무한한 사랑의 시선으로, 몽상 어린 손끝으로.

　무엇보다 그녀의 외적인 삶과 일상에 초점이 맞추어지고, 그녀의 말에서 빌려 온 인용들이 끼어드는데, 거기에 보뱅이 가한 해석이 시가 되어 그것들에 빛을 던진다. 이렇게 보뱅은 그녀와 관련된 여러 일화들을 가지고 장도 제목도 없는 짧은 글들의 모음으로 그녀가 누구인지 하는 하나의 퍼즐을 완성해 간다. 그녀가 선택한 '은둔의 삶'이라는 수수께끼 같은 퍼즐. 그러나 책의 어느 페이지를 열어도 그곳엔 그 자체로 완성된 그녀가 있다. 스냅사진처럼 포착된 그녀의 일상에서, 우리는 피와 살을 지닌 존재인 에밀리를 만난다. 심지어 그녀의 목소리도 들리는 듯하다. '무수한 줄표와 함축'으로 이루어진, '천식에 걸린 천사'의 목소리. 혹은 무슨 소식을 가지고 달려왔지만, 자신이 하는 말을 우리가 듣지 않을 거라 확신하는 '어린 소녀'의 목소리……

"에밀리는 다른 이들은 알지 못하는 무언가를 안다. 우린 한 줌의 사람들밖에 사랑할 수 없으리라는 것. 이 한 줌의 사람들 역시, 죽음의 무구한 숨결이 불어오면 민들레 갓털처럼 흩어지리라는 것. 그것 말고도, 글은 부활의 천사임을 안다." 주변사람들의 잇단 죽음을 경험한 에밀리가 결정적으로 아버지의 죽음 이후로 입게 되는 흰옷은 상喪과 애도를 짐작게 하지만, 그녀 자신의 죽음의 공간을 향연처럼 가득 채운 또 다른 흰빛은 새로운 탄생을 기대하게 해 준다.

"주변 사람들이 저마다 야심을 드러내며 무언가가 되고 싶어 할 때 그녀는 그 무엇도 되지 않고 이름 없이 죽겠다는 당당한 꿈을 꾼다."는 보뱅의 말에선 어렵잖게 프랑스 시인 아르튀르 랭보를 떠올리게 된다. 실제로 보뱅은 그녀를 랭보와 비교하며 그 둘의 삶을 하나의 범주 속에 나란히 놓는다. 지금까지 우리에게 알

려진 문학은 모두 상식의 차원에서 쓰였지만 랭보만
은 예외다, 라고 했던 베를렌의 고백은 에밀리에게도
들어맞는다. 역으로, 보뱅이 에밀리를 두고 "겸손이 그
녀의 오만이며, 소멸이 그녀의 승리다."라고 한 말은 랭
보에게 그대로 적용된다. 그 누구도 흉내 낼 수 없었던,
상식으로 설명될 수 없는 숨겨진 삶을 살았던 두 예술
가. 아프리카 대상의 무리 속으로 사라진 랭보가 그랬
듯, 바깥 세계로 통하는 문을 닫아건 에밀리의 삶 역시
눈에 띄지 않는다.

　　그럼에도 에밀리의 진실을 조금씩 탐색해 가는 보
뱅은 군데군데서 그녀를 '천재'라 규정한다. 타인에 대
한 순수한 염려와 보살핌, 눈에 보이지 않는 일상의 천
사, 시…… 보뱅에겐 이런 '공감'이야말로 천재성의 명백
한 원천이다. 그녀에게 글쓰기란 "백지 위로 몸을 숙이
고 어머니의 멜랑콜리를 모든 길 잃은 생명에 대한 연
민으로 바꾸어 가는 작업"이었다. 그런가 하면 보뱅이
이해한 그녀는 '성녀聖女'다. '범상凡常'의 성녀. 평범과
비범, 일상의 인내와 용기가 하나 되어 빛을 발한 여인.
그녀가 살던 당시 미국은 시민전쟁의 혼돈에 들어 있
었지만, 그녀의 우주는 애머스트에 있는 집과 정원과

자신의 방이 전부였다. 그렇게 놀랍도록 사건이 부재하는 삶에서 그녀는 그 일상을 닦아 내고(성인의 작업) 순간을 응축시켜 진주를 만들어 낸다.

그녀가 죽고 130여 년이 흐른 이제까지 그녀의 시와 삶에 대해 수많은 연구가 이루어지고 무수한 책들이 출간되었지만 '흰옷을 입은 여인'은 스스로를 쉽게 드러내 보이지 않는다. 그렇더라도 이 책은 우리로 하여금 보뱅의 안내를 받아 그녀 곁에 잠시 몸을 누이고(어린 에밀리 곁에서 라비니아 이모가 그랬듯) 그 흰 옷자락을 건드려 소박한 평화에 가닿게 한다. 시적인 힘은 일상에 존재함을 가르쳐 주었던 성녀의 옷자락.

하나하나가 자체로서 완결된 힘을 지닌 에피소드들, 그 안으로 들어간 독자는 잠수부처럼 공기를 마시기 위해 매번 물 밖으로 나와야 할 필요가 있다. 실제로 이 책은 한 에피소드에서 다음 에피소드로 넘어가기 전 어김없이 짧거나 긴 여백을 선사한다. 보뱅의 펜을 통해 전해진 에밀리를 이번에는 침묵 속에서 독자가 만나는 공간이다.

옮긴이 **이창실**

이화여자대학교 영어영문학과를 졸업하고, 프랑스 스트라스부르대학 응용언어학 과정을 이수한 뒤, 이화여자대학교 통번역대학원 한불과를 졸업했다. 이스마일 카다레와 실비 제르맹의 소설들을 비롯해,『너무 시끄러운 고독』『글렌 굴드, 피아노 솔로』『세 여인』및 크리스티앙 보뱅의『작은 파티 드레스』를 우리말로 옮겼다.

흰옷을 입은 여인
크리스티앙 보뱅

1판 1쇄 2023년 2월 12일

지은이	크리스티앙 보뱅
옮긴이	이창실
펴낸이	신승엽
편집	신승엽
디자인	신승엽

펴낸곳	1984Books (일구팔사북스)
주소	전라북도 익산시 창인동 1가 115-12
전자우편	1984books.on@gmail.com
대표전화	010.3099.5973
팩스	0303.3447.5973
SNS	www.instagram.com/livingin1984

ISBN	ISBN 979-11-90533-26-3

1984BOOKS